好風光伴好年華

——《田納西河畔》序

"If you are lucky enough to have lived in Paris as a young man, then wherever you go for the rest of your life, it stays with you, for Paris is a moveable feast."

—Ernest Hemingway

讀偉唐兄書稿畢，腦海浮現海明威的這段話。

十三篇文章，雲淡風輕地，勾勒出近半世紀前那時那地的風物人情，雖不能至，心嚮往之。

卷首的〈踏足夢土〉，筆墨不多，而言簡意賅，令人仿如回到過去，仿如親歷那遙遙長旅。離別故鄉，奔向夢土，天涯咫尺，歷萬水千山，邁向新生活、迎接新氣象，年青人對未來日子那種憧憬與盼望，既陌生又興奮的心情，躍然紙上，栩栩若生。

一章復一章，容我看到了上世紀七十年代美國的南部風情，以及人文層面上的如畫風光：生活清簡、民風淳厚、景氣和平、精神奮發，加上良師、益友環繞，那是社會大環境中的每種元素都在提升的年代。能在這滿載正氣的環境下求知問學，享受大學校園生活，度過早段的青年時代，思之念之，是何等的福氣。

巴黎之氣象與風度，地久天長，感染了海明威，而在田納西度過年輕歲月的偉唐兄，在本人心中，亦毫無疑問地承載了那不易言說，卻溢於言表的田納西氣質：誠懇求真、熱情謙遜、大氣、知情、守禮……。小說或可移花接木，躲藏一己於虛構中，唯其是散文，卻每每讓讀者窺見作者的視角與氣質，無從隱藏，而好看的散文之所以好看，往往就在這種不自覺的真情流露中。

七十年代的前半段，世界絕非風平浪靜，東方之珠的身畔，充滿許多不平靜，文革未息、越戰正酣、赤柬漸興……，香港的四鄰，不少處於翻江倒海的滔滔大時代中。此去數十年後的當下，此小島，正不由自主地，為歷史長河所沖刷，處於風雲變幻中，一葉輕舟，未知何往。於是，這段年輕小子追夢於北美田納西河畔，抱擁知識及追尋普世價值的個人史，讀來平和喜樂、曠遠安然，如今看來，其田園詩般的牧歌情調，就更令人神往。

無邊落木蕭蕭下，不盡長江滾滾來，久遠前的一闋歌謠這樣說過：

“We can’t return, we can only look behind from where we came, and go round and round and round in a circle game.”

是為序。

盧建業
二〇二二年
暮春於台北

目錄

踏足夢土

我於一九七三年九月從香港空航前往美國留學的旅程相當遙遠和轉折。我記得，那是我生平第一次坐飛機，乘搭泛美航空公司波音727型號客機，離開香港，趨赴美國——今天，世界上，相信已經很少人仍記得乘搭窄身波音727型號客機的經驗了。之後，多次轉機，途經關島、火魯努努、三藩市、亞特蘭大，最後一站才是田納西州東部小城諾斯維爾（Knoxville）。我和中學同學偉奇，兩個初次離家的香港中學畢業生，終於抵達企盼中的求學目的地——諾斯維爾——田納西大學（University of Tennessee）的所在地。當其時，乘客稀疏的機艙內正輕柔地播放着那首〈田納西華爾滋〉（The Tennessee Waltz）的曲調，空氣中飄蕩着一種悠閒的況味。倏然，機師宣佈當地時間為清晨七時三十分，飛機正準備着陸。

我從窗口看見飛機在一條跑道上滑行，跑道兩旁，卻是大幅大幅青綠的草坪。飛機好像降落在一個大型足球場似的。我揹着粉藍色印着泛美航空公司標誌的旅行袋，夥同偉奇和其他十來個旅客從機艙的扶梯走下來。足下踏着的不是水泥或瀝青地，而是柔軟的青草地，這時，清風徐來，空氣中散發着陣陣青草的芳香。我腳踏綠茵，彷彿踩上一張綠色地毯似的，隨着眾人向東面不遠處矮矮的機場建築安步走去。迎着旭日，我抬頭望向前方，卻無法具體看見一些甚麼，眼前只閃耀着一片金光燦爛的朝暉。金色的陽光灑落在我的臉龐上，我感到胸間橫梗着一種説不出的興奮，那時節，我心中除了充滿對未來的無限憧憬和嚮往之外，別無其他。

田大在校香港同學事前曾經去信香港分別通知我和偉奇，他們將會到諾斯維爾機場迎接我們抵埗。然而，由於飛機航程曾經因為遇上颱風而改道的緣故，我們兩個遠來者延遲了一日才到達諾城。當我和偉奇在這所簡單的小鎮機場的行李領取處取回行李後，眼看着其他同機乘客陸續星散，卻仍然見不到任何亞裔接機者的蹤影。四周是一片在香港沒法聆聽得到的恬靜。有關切的機場工作人員走過來禮貌地問我們：「你們是否來田大上學？我們可以為你們叫車。」聽着那些陌生的美國南方英語，我們操着港式牛津英語回說是要致電同學來接機。他們於是帶領我們前往一個電話亭。田大學長們在電話裏表示，昨天曾經一度前往機場迎接我們，撲空，現在會馬上開車過來再次迎接我們。我和偉奇一邊等候來人，一邊，好奇地觀察四周的新環境。我對這個可以一眼看盡的小機場感到一種特殊的親切。眼前的樹木和青草，耳畔的蟲鳴和鳥叫，在在使我醒覺到自己已經遠離了那個熱鬧繁囂的東方都市，來到一個像我在迪斯尼電影中所看到那些純樸可愛的美國小鎮一般的地方。是的，我當時的感覺就活像走進了一部五六十年代出品的迪斯尼電影裏面那樣。

終於，接機室的玻璃門外停泊了一輛剛駛過來的小房車，從裏面走出兩個外表樸實的華裔青年。他們走進接機室，與我們友善地握手並互相介紹。他們就是兩位前來迎接我和偉奇的田大在校香港學長——佛德烈許和文生譚。他們先解釋：「因為向別人借車需時，讓你們久等，抱歉。」跟着便幫我們把行李放進車尾箱，然後招呼我們坐進汽車的後座。

當汽車駛往田大校園途中，學長們關心地追問我們是否困倦，是否飢餓，使我們感到好像獲得家中兄長關顧一般。另一方面，我不期然被沿途車外的異鄉景物所吸引：一間間輪廓美觀的住房，一片片花木扶疏的前院，一支又一支豎立在公路旁的木杉電線杆，停佇在電線上的一小撮一小撮三三兩兩的小鳥，鳥兒背後清澈澄明的藍天，以及藍天上面沉默的白雲。

不知過了多少時候，車子開進了田大校園，學長們一邊指出主要的建築物，一邊告訴我們，待會兒會把我們安置在校園旁邊的一個公寓裏面。他們說：「那公寓是一位叫韋文馮的香港同學與幾位美國同學合租的。美國同學們回家度暑假，還未回校復課，房間空着，所以趁便先讓你們住上數日。過幾天，學校正式開學，宿舍啓用，你們便可以住進自己事先申請好的宿舍房間。」

在那個寬敞的公寓放下行李，見過馮同學，學長們便提醒我和偉奇立即打長途電話回家報告平安。之後，兩位學長便帶領我們到學校的國際學生事務處（International Student Affairs Office）報到。國際學生事務處的副主任接見了我和偉奇。他友善地知會我們：「田大的政策規定大學部所有外國學生第一年必須住校，並且與一位美國學生同房，以幫助他們學習美國的文化和語言。」他接着又探詢我們兩人的經濟狀況，確認我們是否需要一邊上學一邊打工。照他所言，平常上課期間，法律只容許留學生每周在校內工作二十小時，暑假期間，則可以在校外全時工作，無論在校內外工作都得通過國際學生事務處依法向田州移民局申請工作證。他補充並安慰我們說：「我們這個辦事處會盡力為有需要的國際學生向移民局說項，協助他們申請並獲得工作證的。」

從國際學生事務處出來，許和譚領我們到位於校園主要道路Cumberland Avenue上的銀行開設存款和支票戶口，把從家中攜來的錢（匯票）放進銀行。跟着，他倆帶我們到學生中心底層的學生餐廳大煙山皇宮（Smoky Palace）進午膳；之後，又帶我們到同樣位於學生中心底層的田大郵政局租用個人信箱。

他們解釋：「宿舍裏也有信箱，但是宿舍於放假期間關閉，所以放假期間信件不能到達收件人手中，因此校內的國際學生一般都會租用郵局全年通用且租金便宜的信箱，方便與家裏通信。」我們於是各自租用了一個郵政信箱。事隔四十多年後，我整理舊書信時，見到那些泛黃的舊信封上全部寫着我當日所租用的這個信箱的編號：UT Station P.O.Box 8378。

回到公寓，只見韋文馮和兩三位前幾天先一步到校的香港新生在客廳裏聊天。大家相見，彼此介紹，都以英文名字相稱，唯獨我沿用中文本名。眾人於是以我中文名字連名帶姓稱呼我。箇中有來自九龍華仁書院的湯馬仕楊，一派誠懇、忠厚、舊人家教養的作風，與我談得頗為投契。那個晚上，進餐後，我自個兒坐在燈前，整理好內心的千頭萬緒，寫我一生中的第一封家書——無論是對家人的掛念、對故地的不捨、對異鄉的好奇，或是對學長的感激，都一一表述。

幾天之後，學校正式開學了，本來冷冷清清的校園一下子熱鬧起來。人們彷彿見到掛在牆上的一幅靜止的油畫忽然變成了一幕活動的電影場面。先前人影寥落的校園一夜之間變得車水馬龍，人來人往。許譚兩位學長在開學日一早便開車來到我們暫住的公寓，幫助我和偉奇帶着行李搬進宿舍。我和偉奇被分配到兩個相距不遠的不同宿舍。他們先把汽車開往我的宿舍。大夥兒一同到宿舍辦事處報到，查出房間號碼，領出房間鑰匙。兩位學長從旁指導我如何填寫表格、如何提供資料，使到我辦理入住宿舍的手續進行得十分順利。我們從辦事處出來，在宿舍的大堂，聽到有人說粵語，望去，但見幾個黃皮膚、黑頭髮的年輕人推着手推行李車在搬運行李，顯然是暑假後回校復課的香港同學。他們見到我們，便走過來，先跟兩位學長寒暄問好，再說：「我們暑假在加州灣區打餐館工，可辛苦呢。」許學長說：「現今回來，可以安心讀書了。」他略轉身，把我和偉奇介紹給他們幾位認識。上到我的房間，同房的美國室友還未報到，房間是空的，但卻看得出不久前方才經過粉刷一新。兩位學長抄下我的房間號碼和電話號碼，同時，留下他們兩人各自的電話號碼，囑咐我有需要時隨時和他們聯繫，隨即帶領着偉奇一起離去。

我隨着打開行李箱，把衣服取出，掛進衣櫃，把書籍取出，放上書架，然後，輕聲地，吭着歌曲，一面把床鋪收拾整齊。俄頃，我一個人站在窗沿，兩手攀着玻璃，好奇地往窗外張望，但見陽光普照的校園內，氣派典雅的建築間，這裏那裏，到處停泊着各種各樣不同顏色和款式的汽車，遠看起來就像玩具散置在路旁一般。而行人路上，一些金髮碧眼的年輕人和他們的家長，有彼此介紹的、有互相握手的、有一起談笑的——好一派新學年開課的積極氣象。我於是知道，我年輕的生命，從這一刻開始，譜寫着一個跟以往不同的東西交匯的新的篇章。

寂寞的聖誕假期

我從小生活於一個好客、熱鬧的家庭，在家人和親友的關顧中成長，離家前，從未遇上過半天一個人獨自過日子的考驗。誰知來美留學幾個月後，不期經歷了一個仿如魯賓遜流落荒島般的長假期，讓少年的我學會了，孤單地，面對環境的限制、梳理內心的情緒，以及發掘獨處的優勢。

我於七三年九月開始就學田大，才讀了頭一個秋季學期，便到十二月，放聖誕假期——為期足足三十天。在美國的大學校園，每逢學期與學期之間的假期，一般學生宿舍都會關閉。美國同學們都回家度假，只有無家可歸的外國學生留守校園。住校國際學生都會於此時搬往住在校外的其他同國同學的住處暫時寄住，也有人趁機到外州旅行、探親或訪友。我那時由於初來甫到，又不願意麻煩別人，沒處投奔，於是，事先申請好住進校園內的一間臨時宿舍。

這所臨時宿舍其實設置於校內一所保持全年開放的運動員宿舍之內。運動員宿舍為着方便運動員於放假期間仍能隨時回校鍛煉各種體育項目，終年十二個月都不關閉。學校把這個宿舍內原來的一間閱覽室收拾一下，放進幾張單人床，成為一所臨時宿舍，供聖誕假期間留校的非運動員學生居住。第一天搬進去，房間內，連我本人，只有三個住客——另外兩人是一位打算暫住兩天的美國同學和一位伊朗留學生。頭一夜，我們三人還一起討論基督教、回教和佛教的異同，堪稱進行了熱烈的文化交流。過了兩天，美國同學先走了，再過一天，那位伊朗同學也忍受不住這種沒事可幹的寂寥，到外州探親去了。我於是成了整個宿舍內唯一一個住客。

宿舍內除我之外，還可以見到三個人：負責打掃地方的老太太、日間在大堂看守櫃枱的梅普太太（Mrs. Maple），以及夜間看守櫃枱的一位非裔女同學。仁慈的老太太每天不知從哪裏弄來一些蛋糕、餅乾和水果，送到閱覽室來供我吃用。她總是操着濃重的南方口音像祖母一般對我説：「你慢慢吃，還需要甚麼的話，儘管告訴我。」我明白，這是因為她看我一個人怪可憐的，而我對於她這番好意，總是被感動到不知說些甚麼才好。

每天，我早上留在宿舍，自己弄早餐和做運動。下午出去校園外面的一間餐廳或麥當勞吃午餐，然後到音樂大樓練習鋼琴，傍晚，再到同一間餐廳或麥當勞吃晚餐，然後回去宿舍。每天中午出門時，梅普太太都會拉着我在櫃枱前聊天，談美國，談香港，談她家，談我家，等等。我知道她是害怕我感到孤單、鬱悶，故意陪我說話。除了每天噓寒問暖，檢查我出門前是否穿夠衣服和戴齊頸巾、手襪之外，她還從她家裏為我帶來一大堆古典文學書籍和過期《讀者文摘》，供我閱讀。

下午，去到音樂大樓，照例直接到地下練習室區域練習鋼琴。平日，在這兒，同學們總忙着找自己最屬意那間琴室、選自己最喜歡那座鋼琴。現在好了，整座大樓只剩下我一個學生，全部琴室我都可以佔用，全部鋼琴我都可以彈奏，再無一人與我爭奪。我此時才體會到沒有競爭的狀態是甚麼一回事。平日，相熟的同學們練習樂器，累了，會敲門進來琴室聊天，討論某個作品、某種技巧，或者分享一下各自創作的樂曲。好了，現在獨霸天下，無人干擾，我終於知道，原來由一人全佔的一個王國其實是單調乏味、十分沒趣的。幸好，我這時節練習累了，還可以去找平日最受大眾歡迎的老校工拉爾夫（Ralph）聊天——他是此時音樂大樓裏面我唯一可以找到的人。他開口總是問我收到家書沒有，因為他熱愛集郵，不會放過我的香港郵票。在校園內，整個假期當中，我每天從臨時宿舍前往音樂大樓，從音樂大樓返回臨時宿舍（除了中間在校外吃午餐和晚餐的時光），在來回的路途上，耳畔只有風聲，眼前卻無人影。

因為假期間音樂大樓在下午五點關閉，晚上，整個偌大的校園一片死寂，我只能夠留在宿舍房間內看書——讀梅普太太借給我的Jane Austen小說，如*Pride and Prejudice, Sense and Sensibility, Northanger Abbey*等等。我竟然有所得着，發覺Jane Austen原來借愛情故事來批判她所屬時代的英國社會制度、價值和風氣。上中學時，我學過打字，但是打得不夠精準，於是，閱讀之餘，我每晚都坐在打字機前操練打字，為開課後的各種各樣功課做好打字的準備。此外，我也在房內操練一些聲樂練習，唱唱歌。反正整棟宿舍大樓只有我一個人住着，我打字打多少、唱歌唱多久，也不會妨礙別人。我唱歌時，總偏愛唱黃自作曲的兒童歌曲〈踏雪尋梅〉，因為時值濃冬，應景。此外，唱得最多的，還有梁明作曲的一首藝術歌曲〈那方的故鄉〉：「那方的故鄉，碧水青山，漁火點點，更有海鷗隨着海面蕩漾，蕩漾……」

到了聖誕節前兩天，十二月二十三日，梅普太太特意帶我往她的教堂去聽了一場音樂會——由他們教堂的合唱團演出的韓德爾著名清唱劇《彌賽亞》（*Messiah*）的聖誕節部分。我們上「合唱指揮」課時，教授都會讓同學們每人選擇指揮《彌賽亞》其中的一首合唱歌曲。雖然曾經有同學跟我說：「《彌賽亞》，我把它倒轉來唱都可以了。」但是，在聖誕節，聽這部熟悉的偉大作品，對我來說，仍然是賞心樂事，並不厭倦。這場演出，記憶中，幾個獨唱者都相當不錯，各具特色，其中最為突出的是那位男高音，氣量充沛，吐字清晰。合唱部分亦水準甚高，令我對美國鄉間教堂合唱團的實力大開眼界，覺得那位指揮和團員們都很下功夫。完場時，梅普太太介紹我認識她的教友們。他們都熱情地接待我，問我不少問題，一時間，頗為應接不暇。梅普太太又把我帶到合唱團面前，介紹我認識那位合唱團指揮。溫文爾雅的指揮先生一手握我的手，一手搭我的肩，雙目透着友好，對我說：「以後請多到這兒來，讓我們好好的談談話。」那種誠懇的風度，就是南方紳士們獨具的，別處的人學也學不來。而我，並不因為《彌賽亞》，只是純粹因為自己當日能夠參與一項人群活動而感到高興。

聖誕節前一天，出乎意料，竟然有人來看望我。我聽到敲門聲，打開閱覽室的門兒，見到我初來田大第一天所認識的香港同學湯馬仕楊。楊同學為人開朗樂觀，正直誠懇，是我平日所敬佩的一位香港同學。他這個假期與幾位香港同學住在校外。難得他在這樣天寒地凍的日子老遠跑來臨時宿舍探訪我。他帶來了兩套金庸武俠小說——《天龍八部》和《雪山飛狐》，偉青出版社一套十冊八冊那種，借給我看。他說：「我現在正跟幾個熟人一同出發到外州去玩，想起你一人在這裏，連電話都沒有，一定很悶，所以順便過來給你帶上這些武俠小說，讓你解解悶。」我們談了一會兒，因為開車送他來的同學們在外面車上等着，他便匆匆離去了。然而，在這種北風咆哮、冷雨飄搖的惡劣天氣裏，有同學不遺在遠，問候一下，也真使我感受到古人所言「最難風雨故人來」的意思了。

在假期臨近完結的一個晚上，經歷了將近一個月的獨居，我的內心終於無可避免地遭受到四周環境的孤清和冷漠所侵蝕。那夜，晚膳後，回到宿舍，我獨自站在閱覽室的窗前，面對着整個渺無人跡的校園發呆。眼前擺放着一幢幢散置在不同位置的建築物，偏偏卻沒有半個人影。當時，我想，這校園簡直像經歷過一場核子戰爭似的——原本熙來攘往的二三萬人都不知到哪兒去了。起初，我只看見街道上的一片濡濕，至於那些不曉得在甚麼時候鋪滿了路旁停泊着的汽車的一層一層白雪，卻是後來才察覺得到的。我在那刻方醒悟原來天兒正在下雪。我開始看見無數白茫茫的雪花從漆黑的夜空中飄落下來。真是好一番前所未見的奇異景象。

我記得，幾位先於我到北美留學的好友都曾經寫信告訴我他們各自第一次邂逅下雪的情景。南國成長的他們全都立時跑到屋外去伸手觸摸從天上面掉下來的飛雪。其中一人還把寫好的信箋放到窗外承載些許雪花一併寄來亞熱帶的香港給我。然而，我所驚訝的是，此刻，面對一九七三年諾斯維爾的，或是我生命中的，第一場雪，我卻完全沒有半點興奮或衝動。我只是讓自己半生不死的留在屋內。

我心目中一直以為這假期在學校範圍內只有我自己才是用兩條腿走路的動物。剛才還是如此的感覺到。然而，當下的情境似乎有點不同了。我首先瞥見一雙情侶並肩在朦朧的街燈下走過，跟着又有一位老人拖着兩個小孩緩步而來，後面還出現了一群少年人在追追逐逐。我兼且聽到汽車移動的聲音。我不禁在心中暗叫：「住在校園附近的居民都跑到這兒來賞玩今年此地的第一場雪呢。」我不知就裏產生了一種要投入他們當中的衝動——起碼可以告訴別人自己以前從未見過雪花從天上降落下來。我終於忍不住披衣帶門出去了。我在街上問幾個與我年紀相仿的路人：「你們這些人都到這裏來做甚麼呢？」其中一人瞪着眼睛錯愕地回答我：「我們剛從體育館看完球賽出來。」

一九七三年十二月，我在田大校園度過了這樣一個離家後的第一個聖誕節假期。這段為時一個月的長假期是我人生際遇中所經歷的第一次孤寂旅程。它使我初度品嘗到孤單和寂寞的況味，從而學到了如何與自己相處，以至在日後的人生旅途上，再無懼扮演孤狼的角色。而這段日子中所遇到的幾個人、些許事，又使我感受到那個時代裏面東方和西方人情的溫暖，更加體會到人性中的善良和美麗。

大煙山上

我在田大念大一那年，秋季學期剛過去，冬季學期才開始，一天，宿舍同房的室友羅斯（Rusty）向我探詢香港的地理環境。當我告訴他香港最高的一座山叫做大帽山（Mount Tai Mo）時，他問我：「有多高？」我答：「三千一百多呎。」他聽後故意誇張地開玩笑説：「那不是山（mountain），連丘（hill）都不是，只能算作坡（slope）。」所以，後來住對面房間的羅拔（Robert）問我有沒有興趣跟他和他的中學同學加利（Gary）一起去攀爬著名的大煙山脈（Great Smoky Mountains）時，我連想也不用想便一口應承了。我這個當時於數月前仍然從未離開過香港半步的少年人這下可要見識一下甚麼是高山了。

我在校園內的國際學生休憩中心（International House）找到一本介紹大煙山脈的小冊子，從而獲知大煙山脈是北美大山阿巴拉契亞山脈（Appalachian

Mountains）的一個支脈，地處田納西州和北卡羅萊納州之間，最高峰高度為六千六百四十三呎。這座在北美最獲旅遊者垂青的高山由成立於一九三四年的大煙山國家公園負責保育。我又特別留意大煙山脈的其中一個主峰——煙囱峰（Chimney Tops），因為它就是羅拔和加利計劃好帶我去攀爬的山峰。此峰高四千七百二十五呎，山腳下有一條名為煙囱峰徑（Chimney Tops Trail）的山徑讓旅人攀爬，由此可直抵山峰之巔。我相信，因為考慮到帶上我這個缺乏攀山經驗的新手，所以兩位美國同學選擇了這座有小徑直通的山峰作為目的地。

根據我所保存的日記記載，我是在一九七四年一月十三日和兩位美國同學一起登上了大煙山脈煙囱峰頂端的。那時節，美國南方的氣候已經正式進入冬季，樹葉落盡，寒風凛冽。

我們三人驅使着小轎車離開大學城諾斯維爾時，氣溫是華氏三十一度，當車子抵達煙囱峰山腳的小鎮格靈堡（Gatlinburg）之際，就只覺得氣溫已經大不如前，明顯地降低了很多。把車子停泊在格靈堡的停車場後，我們三人便正式開啟了攀爬大煙山之旅。

山徑起點處豎立着一個由一條木條支撐的小木箱，裏面放着一些表格和鉛筆，讓攀山者登記。我們各自填上姓名、地址、日期和時間，然後起步，往上登攀。

前半部分的路程顯得並不困難，因為，陡度有限。我們一邊走路，一邊談話，又常常駐足觀看四周的冬日景色——光禿的樹枝在北風中搖晃，吱吱叫喚；凋零的樹葉在腳底下碎裂，沙沙嗚咽；尚幸，還有蒼茫的山巒在霧靄裏隱現，脈脈含笑。我與羅拔和加利，雖然住在宿舍的同一層樓，卻還只是新交，並不熟絡。三人此時明顯地想增進彼此之間的了解，於是各自表述自己的家庭狀況、中學背景和生活愛好，即使有時談話的內容顯得有些東拼西湊，瑣瑣屑屑，但大家仍然興致勃勃地尋找話題，談個不休。當兩位田納西少年獲知我的中學英文讀本包括了*Tom Sawyer*和*Huckleberry Finn*時，他們面上即時表露出若干意外和興奮——驚訝於密西西比河流域的頑童經歷竟然會流傳至亞洲地區的英屬香港，引起遠方一所天主教中學裏面的東方男孩們的共鳴。

後來，我們來到一條小溪前面，見到水面架着一道有欄杆的木橋。橋身和欄杆都只是用簡單而堅實的木板和木條來造成。這道不帶雕鑿的小橋靜靜的躺臥在煙霧迷離的山林之中，遺世而獨立，好像從來沒有一個人曾經踏足過它那乾淨的橋面似的。置身這樣一個白雲深處，我們一時間為眼前疑幻似真的詩境所震懾，安靜下來，片刻不能言語，唯恐一不留神會不慎打破這山林互古深邃的岑寂。我們走到橋下，發覺溪邊的泥土表面已經結上了一層晶瑩的霜雪，但是溪水仍然十分活躍，不停地流淌，琮琮琤琤，並無阻滯。加利用樹枝指向水的一方，說道：「看，那兒還有小魚兒在游動。」我們都不禁異口同聲讚歎大自然生命力的旺盛，比人類還要頑強。我不期然想起了我初中課本上的散文〈山陰道上〉裏面的說法：「橋下的河水清潔可鑑。它那喃喃的流動聲，似在低訴那宇宙的永久秘密。」是的，那時的我，一個年少的大學新鮮人，對於宇宙間的各種奧秘，都懷抱着無限懵懂、好奇和憧憬，正熱切地企盼着能透過努力學習去盡量理解它們。

攀登旅程的後半部分比前半部分嚴峻得多，需在一哩路程內攀爬接近一千呎高度，其陡度相當高。我們有時走過積雪的泥沼，有時踏上石砌的階梯；有時仰首向天而高歌，有時低頭望地而彳亍。走在前面的羅拔和加利偶爾便需停下步伐等候落伍的我。我喘着氣問兩個伙伴：「你們現在會否後悔帶上我這個新手同行呢？」羅拔搖頭道：「沒後悔。我們當初因為聽到羅斯提起你患上思鄉病，心情不快，所以才順便邀請你一同出來，好讓你登高望遠，放開懷抱。」聽着這話，我覺得自己頗能夠由此體會到一個基督教民族平日所提倡的愛護鄰舍的精神。

最後，我們終於攀爬到路徑的終點，抵達煙囱峰的山頂部分。只見一棵樹的樹身上釘着一個木牌，上面印刻着這樣的文字：「路徑已到盡頭，往後危險，不宜攀登。大煙山國家公園公佈。」羅拔和加利於是向我解釋：「煙囱峰的最高頂端其實是一層岩石山脊，此岩石山脊有約二十五呎的厚度。」他們説着，往上一指，讓我看到頭頂之上還有相當險削的山岩可供登攀，但是只見石塊，並無路徑。他們跟着表明他們會繼續攀爬到這些岩石之上，直至到達煙囪峰的真正頂端。「你可以留在這裏等我們回來，」羅拔說：「假如你不打算繼續攀爬的話。」我往頭上的岩石望了望，略猶豫，不知哪裏來的勇氣，一甩頭，便跟着他們兩人起步了。

我手腳並用，默然追隨着羅拔和加利的身後，抓着不同岩石突出的部分往上爬，也記不起克服了幾許困難，越過了多少險阻，才終於攀爬到煙囪峰的頂端。我們在狹窄的石質山脊上找到一塊稍平的岩石，一同坐下來休息、透氣。我突然發覺，原來三人正在處身於天上的雲層當中，可以說，兩呎之外，已經看不到任何東西，只有一片白茫茫的雲煙。偶爾，雲層散開一小片空隙，也僅能見到灰藍色的天空，並無其他。唯獨「只有天在上，而無山與齊」十個字能盡其妙。那種超脱、飄逸、出世的感覺，使到我們三人的臉上都不期然展露出一種舒暢、滿足和興奮的笑容。我禁不住對兩位美國同學說：「感謝你們帶領我來到這樣一個我從未想像過的地方。」

須臾，羅拔和加利說他們想到周圍視察一下。周圍？我只見眼前環繞都是一片白茫茫的混沌。我只好說：「我情願坐在這兒好好的思索一下問題。」他們於是囑咐我別到處亂闖，坐坐就好，以免失足。加利還附上一句：「那怕回來見你化成了羅丹的那座雕像——〈沉思〉（Meditation）。」說完，他們便立時消失在雲霧之中，不知去向，剩下我一人面對着無盡的蒼穹和絕對的孤寂。我於是想起了那些宇宙的奧秘——地球的未來、人類的前景、國際的發展和個人的路向。思緒就像眼前的景物，浮雲般飄忽，岩石般紛亂。原來那時的我，一個入世未深的年輕人，腦子裏竟滿滿的充塞着許多無法解開疑團的糾結、許多不能知道結果的問題。

想着想着，羅拔和加利已經回來了，看看錶，他們遊逛了，或是我思索了，有大半句鐘頭。加利正想問我些甚麼，我不等他開口，便說：「海明威在一個短篇小說裏面提到，非洲克里曼加魯山上，接近西峰絕頂的地方，有一隻凍僵的豹的屍體。從來不曾有誰解釋過這隻豹到那樣的高處去尋求甚麼。」加利聽到我這樣説，一時失笑，説：「那是一個垂死的作家對自身的感喟。你現在説這個是為甚麼？」羅拔問：「你不是想告訴我們，你其實不知道自己為甚麼老遠跑到美國來求學吧？」我只是笑嘻嘻的佇立着，再沒有説上任何話兒。他們兩人都笑着説：「你這下真像個傻子。」

然後，我們便趁着天色還光亮，開始踏上歸途——先極謹慎地一小步一小步坐着往下滑，落出岩層，再循着原來的路徑走下山去，直到格靈堡。三人又順便在格靈堡那幾間有趣的小商店逛了一下，才開車返回校園。

回想起來，在那些不解事的青葱歲月裏，能夠有這樣的一個機會，置身於與世隔絕、超然物外的環境中，心境澄明地考量自己當時在悠悠天地間的處境，實屬難得。那天，大煙山上，在茫無頭緒的冥想之內，有一點，對於來美國求學的目標，我卻是想得很透徹的——我覺得自己應該在西方文明的自由氛圍內，學習保持自我，竭力爭取知識，以抵抗人生際遇中的各種障礙和不公，積極地為自己創造出一條通往美好生活的道路。

宿舍生活

我直到現在仍然持有這樣的一個觀念——上大學，就應該住在校內的宿舍才對。我認為住校的大學生活才算是真正的大學生活。我在田大，一進校便住宿舍，直到畢業。我本人非常認同當時田大的一項國際學生政策：每個外國學生最少在大一要住校內宿舍，並且需與一位美國同學同房，以便學習美國的文化和語言。在念大學本科的整個過程當中，我深深體會到住宿舍的各種好處，並愛上了這種相當有規律的群體生活。

我大一那年住在葛爾夫樓（Greve Hall），之後幾年，則住在舊式四層磚房連內庭的米爾路士樓（Melrose Hall）。米爾路士樓屬高年班學生宿舍，提供個人單獨房間，每幾個房間配備一個供數人共用的別致客廳，清靜、幽雅。這所風格典雅的宿舍之內永遠不會有半點兒喧嘩，終年只見門窗寂寂、庭院深深

——誠青年學子致志向學的理想居停。它所獨具的舊世界風采和魅力，於我畢業離校後，成為我腦海中一個不消退的印記，讓我終生記懷。我當年，無論在葛爾夫樓或米爾路士樓，都很快便與同樓舍友們熟絡起來，並且融入他們的一般生活習慣當中——每天早上六七點左右起床，第一件事，就是把被鋪摺疊整齊；接着，進洗手間沖涼、洗頭、刷牙、剃鬚；然後，回房梳理妥當頭髮、穿着整齊衣服，方才到學生餐廳吃早餐。早課後，到學生餐廳進用午膳；午課後，到學生餐廳進用晚膳。晚上到音樂大樓練習樂器，或上圖書館做研究、寫報告。通常，大概於十時許回到宿舍，必先往洗手間洗漱一番，始回房休息。那鐘點，同樓各個房間的房門總是打開的，相熟的舍友們會倚傍在房門口聊天，交換意見。仍記得，一次，有舍友在走廊拿着口盅和牙刷，一邊刷牙，一邊辯論，頗有趣。我從美國同學身上學到的一件重要事情就是——每晚臨睡前靠在床上閱讀。這做法從此成為我個人一項終身生活習慣。大家一般都在晚上十一至十二時之間熄燈睡覺。

我最懷念每星期六上午在洗衣房洗衣服的情景。經過盡情玩樂的星期五夜晚，周六早上的宿舍一般都顯得十分冷清，不容易見到人影，四周寂寂，唯有金黃的陽光灑落在窗前，斷續的鳥聲飄送於窗外。洗衣房內，通常只有三兩個同學，各坐一隅，徑自拿着一本書在看，一邊等候把洗衣機洗滌乾淨的衣服放進烘衣箱。就算遇上熟人也只會輕聲交談。我整個大學時代的一位好友——比爾（Bill），最初就是在洗衣房與我互相攀談起來而認識的。每個周六的洗衣服程序總是帶給我一小段寧靜、閒適和寫意的時光，以至我在日後晉身職場、公務繁忙的日子裏往往會偶爾憶記起這些個經驗。

住宿舍的學生，一般都會加入宿舍的膳食計劃，在宿舍學生餐廳進食三餐，可以省卻購買和烹煮食物的時間。況且，膳食計劃容許學生無限量進食經專家安排營養均衡的餐飲，不會產生缺少營養的失誤。由於我所住的宿舍沒有學生餐廳，我每天要到鄰近一箭之遙的另一宿舍史特朗樓（Strong Hall）的學生餐廳用膳，一星期吃二十餐。星期天晚上就得到校外去吃。我把我每天早、午、晚三餐當作英語練習時間——我通常會與相熟的美國同學一同進膳，所以就非得適應用英語與別人溝通不可。幾年來，在史特朗樓的餐廳內，我建立了不少可貴的友誼，同時學習到很多英語發音、語法、習用語和表達方式，而且經常於討論不同議題當中，從主修不同學科的同學口中獲得大量自己原本缺乏的知識。

在我的學生餐廳朋友中，有一位亞裔同學，叫阿德（Duc），是越南（南越）政府官員，由該國政府官費遣派來田大工程學院攻讀博士學位課程。我和他在一九七三年認識以來，經常一起進膳，兩三年間，漸漸成為好友。在一九七五年初，南越戰事告急，阿德因此變得終日愁眉苦臉、長嗟短嘆。他跟我說，一旦南越亡國，他便沒有任何經濟來源，更何況，此時連家人的生死都未卜、下落都不明。到了一九七五年四月三十日，西貢為共軍所攻佔，南越全面陷落於北越手中，美國撤軍。我聽到收音機報道美國政府宣佈越南戰爭正式結束。翌日中午，我帶着頗為焦灼的心情，在史特朗樓餐廳找到阿德，和他一同坐下。

他見到我，幾乎要哭出來，攤開手對我說：「現在，國也沒有了，家也沒有了，錢也沒有了，學位還未完成，我怎麼辦？」當時，我對他說：「你現在的身份已經從外國學生轉變為政治難民，美國政府相信會有所善後和照顧的。」他點頭，並告訴我，他所屬的學系和田大國際學生事務處正在為他連繫有關部門和議員，尋求各種可能得到的幫助，讓他繼續學業，重見家人。果然，幸運地，越戰結束約一年之後，在多方努力協作下，他的太太和兩個子女，終於從越南來到田大與他團聚。還記得，有那麼一天，他高高興興地跑來史特朗樓餐廳，把好消息告訴我，並邀請我過兩天到他家去享用一頓晚餐，會見他的家人——幾日後的一個晚上，在他家，他太太為我烹調了可口的越南菜式，她女兒為我彈奏了動聽的鋼琴曲調。我也重新見到一個面露笑容的阿德。後來，我在田大校園附近的Fort Sanders小學當實習音樂老師，而他的一雙守禮聽話的子女恰恰在該校肄業，俱是我班上的好學生、乖孩子。姐弟倆下課後只管叫我「叔叔」。

在我的宿舍生涯當中，也曾遇上過一樁堪稱「不愉快」的事件。那是與我當新鮮人那年（住在葛爾夫樓）的第一個宿舍同房的表現攸關的。這位同學叫約翰（John），主修商科，是田州本州人士。他開課以來對我都客客氣氣的，有說有笑，並無不妥。過了數周，一個星期五的黃昏，他告訴我，他邀請了女朋友這晚上到房間來約會，要求我晚點才回來。他說：「反正你都是在圖書館做功課，就待久些。」我於是問他要待多久，他說：「十一點過後才可以回來。」我說：「周五晚，圖書館十點關門，我十點回來。」他堅持十一點。他說：「你在外面走走，過了十一點，才回來。」我確實沒地方可去，最後，我同意十點半才回來。他卻顯得老大不樂意似的。

當晚，我十點半後回到宿舍房間時，只見到約翰一人坐在他自己的床上。做甚麼呢？讀聖經。我跟他打個招呼，然後換上睡衣，再去洗手間洗臉、刷牙。回到房間，我往床上一躺，覺得枕頭下面有一大件硬物頂着我的頭顱。我坐起來，拉開枕頭，一看，只見一個約翰平日健身用的鐵啞鈴躺在那裏。我於是問約翰：「你這是甚麼意思？」他回答：「沒甚麼，跟你玩玩。」

我於是從床上起來，穿上拖鞋，踏進走廊，一直走到負責管理七樓秩序的助理舍監——高年級同學暱名「槳兒」（Paddle）——的房間門口，敲門進去，把事情原原本本的告訴了槳兒。老成持重的槳兒皺起眉頭越聽越顯得不是味兒。他說：「怎麼可以這樣！」然後，他冷靜地叫我先待在他房間，讓他去跟約翰說話。一會兒，他回來跟我說：「偉唐，你現在可以回房間睡覺。我跟他說過了，他不敢再騷擾你的，放心。明天，我們開樓層會議（floor meeting），與大家討論這個事情。來，我陪你回房。」我於是回房間休息，一宿無話。

第二天早上起來，是周六，只見洗手間和升降機門上都貼上一張由槳兒簽署的告示：「今晚八時，七樓廚房，臨時樓層會議，務請到齊。」當天在史特朗樓餐廳吃過晚餐回來之後，八時，我便走進廚房，只見幾乎全部七樓舍友都盤膝坐在地上，十來個人左右，圍了個小圈子。我於是也坐下，同時發覺，正好坐在約翰的對面。舍友們輕聲交談着，不時，有人向我投以關切及支持的眼光。過了一會兒，槳兒說：「昨晚約翰向他的室友作出了錯誤的對待。」跟着，他把我昨晚告訴他的事情向大家報告了一遍，並且問約翰：「是這樣的嗎？」約翰點頭。欒兒報告完畢後，舍友們隨即陸續舉手發言，有人説：「我不明白，偉唐交了住宿費，為甚麼不可以隨時回到他自己的房間？」有人説：「偉唐老遠從東方來到田州，我們應當幫助他，而不是侵佔他的利益。」也有人説：「我覺得這是一種欺侮行為，不可接受。」眾人一致表示：「約翰需要道歉。」欒兒問約翰是否願意道歉。約翰硬着臉，木無表情，點了幾下頭。欒兒説：「很好，待會兒回到房間，你要向偉唐道歉。你知道嗎？倘若你不道歉，我便得把這件事情交給田大學生紀律委員會處理，並且會知會田大國際學生事務處。他們兩組人肯定會跟進整件事情。」散會後，回到房間，約翰向我道歉，説：「對不起，只想跟你開開玩笑而已。」我於是與他握手，説：「我接受你的道歉。」事情就這樣過去了。一周之後，欒兒為我安排了一位新同房——羅斯（Rusty），而我從這件事情當中深深體會到美國南方學生的正直和公義、美國大學制度的完善和公平。

住在宿舍有很多便利之處。對我而言，無論往音樂大樓或其他學院上課都很接近住處。此外，到圖書館閱讀、做研究或寫報告都非常方便、省時。兼且，校園內經常舉辦各種各樣的文化活動，讓我接觸到很多國際頂尖藝術、文化或政治人物（或團體）應邀來我校所作出的演講或表演。記憶中，當年所經歷令我至今印象難忘的文化活動包括：愛德華・奧比（Edward Elbee）講座——「美國現代戲劇和文學」，柏德列・布甘能（Patrick Bukannen）講座——「美中關係正常化」，安東尼・葵路（Anthony Quayle）擔綱率領田大戲劇系學生演出著名中世紀舞台話劇《每個人》（Everyman），徐露暨台灣大鵬國劇團演出中國國劇《白蛇傳》等等。我的幾年大學住校生涯無論在生活習慣、待人態度、道德價值、文化視野、國際認知和思想開放等方面都為我提供了豐富的教育和啓迪，讓我終生受惠。

曼菲斯之旅（一）——作客

在田大，念大一那年，春季假期間，我接受一位美國同學比爾·葛爾夫（Bill Greve）的邀請，前往他在本州西部曼菲斯市（Memphis）的家作客；同時，順道探望了我所敬愛的一位闊別多年的小學老師——於六十年代從香港移民美國田納西州曼菲斯市的胡麥惠玲女士。

比爾是我當初入住田大宿舍葛爾夫樓時最早結交的一位美國同學。當時我們住在不同的樓層。我們是在宿舍地庫的洗衣房洗衣服時認識的。傾談之下，彼此感到十分投契，便成為朋友。比爾平日會在周末找我打乒乓球或聊天，並且常常不厭其煩地幫助我矯正我某些不夠標準的英語發音。他因而與我所相熟的幾位香港同學都認識。他曾經表示過喜歡我穿的中式棉襖，我於是請家裏寄來一件咖啡色的絲棉襖送給他，他因而成為當時田大校園內唯一穿著中國棉襖的美國學生。

進校後的第一個假期，秋季學期與冬季學期之間的假期（稱作冬季假期），我留在校園內的臨時宿舍，度過了一個孤獨寂寞的聖誕節。回家度假的比爾在這假期期間曾經和我通信，知道我在人跡罕見的校園面對孤寂，哈哈，竟然提議我不妨嘗試自己跟自己說話。開學後，富於同情心的比爾就對我說：「下個假期，你到我們家來作客。我已經跟家裏說好了。他們都歡迎你。」

我對於比爾的這項邀請欣然答允。當時，有兩位香港女同學，艾美莉張和杜麗莎鄭，聽說我要去美國同學家作客，過春季假期，便主動送我幾件中國手工藝品——兩個分別用貝殼和人造珊瑚造的心口針以及兩件藤織的杯墊，讓我帶去比爾家做見面禮物。那個時代，田大香港同學間的互助精神是這樣的純潔和真摯，使到我至今仍然心存感念。

到假期開始那天，比爾和我從諾城出發，駕駛了七八個小時汽車，傍晚才到達他曼菲斯的家——一間幽雅美觀的兩層樓房。比爾的父母和妹妹都站在門前熱烈地迎接我們。他們家樓下是客廳和飯廳，樓上才是睡房。我先被安置到二樓一間客房休息片刻。吃晚餐時，比爾家人都非常健談，把我招呼得十分周到，令到我半點陌生的感覺都沒有。我同時發覺，這個南方家庭思想相當傳統和保守。那年頭，嬉皮士運動正蔓延全美，青年人都留長髮，比爾的母親卻看不慣，頻頻提醒比爾要盡快安排時間往理髮店剪髮——比爾的頭髮當時只能算是略長而已。在餐桌前，大家談起當時田大校園發生的幾起裸跑事件，比爾的母親就對我說：「偉唐，假使你香港的家人從新聞裏獲悉這些荒唐事情，請向他們解釋不是每個美國學生都會這樣做的。」當我把張鄭二位贈予我的手信拿出來時，他們一家人都表現得十分高興，讚口不絕。比爾的母親頻說：「你們香港製造的手工藝品真是十分精美，難得你從老遠把它們帶到這兒。」這一家摯誠待客的美國南方人都很熱情地給予這幾件簡單的禮品一份格外的珍惜。我一時間不知如何應對，把說到嘴邊的話——「其實是兩位女同學送給我的」——吞了回去。

比爾在整個假期當中，除了有兩天駕車接載我往天湖區（Sky Lake）探望老師之外，基本上都忙於與他住在當地的固定女朋友約會。他父母都上班。我每天和比爾念初中的妹妹比蒂（Betty）留在家中聊天、彈琴、唱歌，進行一些中文教學活動；偶爾，還會在後院打籃球，或者到河邊釣魚兒。我教給她妹妹他們家中那套大英百科全書裏面所列出的一大堆中文字的國語讀音和文法。比蒂不但聰明，而且對知識充滿熱情，很快便把那些「山、水、日、月、人、牛、天、田」等字學會，能讀，也能寫。她兼且計算着要在多少天內把百科全書內列出的所有中文字學懂。我還記得，我們兩人還整天一起學唱當時全美最熱門的一首流行歌曲，Olivia Newton John 主唱的 *Let Me Be There*。此曲後來成為最能喚起我田納西記憶的一首歌。

比爾和他的女友事實上並沒有完全重色輕友。拍拖之餘，他們也抽空於某一天帶我參觀曼菲斯的動物園、博物館，以及乘搭一艘名為「曼菲斯皇后」的汽船遊覽密西西比河部分流域。我記得，那天，我們在汽船上一邊閒談一邊觀賞兩岸的自然景色——連綿起伏的樹叢，成群齊飛的雀鳥。比爾和他的女友熱心地向我介紹有關眼前見到的各種地理形態和植物生態的知識。當時，看着那些美麗的美國南方風物，我同時憶起*Huckleberry Finn*和*Tom Sawyer*兩本少年文學中所描述的密西西比河流域居民的純樸生活。

那天傍晚，他倆又應我所請求帶我往市中心黑人區參觀羅韋旅館（Lorriane Motel）——黑人民權領袖馬丁路德·金（Martin Luther King ,Jr.）於一九六八年遇刺身亡的地方。我記得，當車子駛進旅館所在的區域時，比爾便把汽車的窗門都關上。他那時的面容顯得比平常繃緊。車子後來停泊在一間兩層高的小旅館前面的停車場。我們走出車子，沿着那小旅館建築外面的扶手樓梯攀上二樓，進入旅館，再穿過一條小通道，暗暗的，來到306號房間，就是當時的「馬丁路德·金紀念館」。裏面沒人，除了一位黑人女性工作人員。她禮貌地對我們說：「請隨便參觀。」我們微笑點頭回應道：「謝謝。」比爾輕聲告訴我，這房間的一切擺設都按照金博士被刺殺時的狀況原封不動地保留下來。之後，我們三人便各自觀看展品，再沒說話。我記得展品不算多，明顯有兩張床，其中一張上面的被鋪是打開的。此外，還有咖啡杯和碟子、用餐的盤子、煙灰缸和上面的幾顆煙蒂。好像還有筆記本子和牆上掛着的照片。此外我就記不得了。展品旁和牆壁上都附有說明文字。我對所有物件和說明都看得頗為津津有味，但同時發覺，作為白人的比爾他們表現得有些緊張和不安。於是，我們三人只好走馬看花，短暫逗留，然後便匆匆告別這個人類歷史上一位重要偉人最後停駐的地方。回想起來，那段時期，上世紀七十年代，田州的種族隔閡可算仍是相當明顯的。

此番作客葛爾夫家，當中最具意義和難忘的一項經歷，就是有份參與他們闔家建造房子的行動。比爾的父親葛爾夫先生曾經向我提及，早前他們在毗鄰曼菲斯市的密西西比州境內一個樹林中購置了一幅地，用來自己着手建造一所房子，作為他們家的度假居停。此項計劃已經自前一年動工，每逢假期執行，預算於五年內完成整個工程。一天下午，他們一家人便開着中型貨車，載上各種水泥、磚石和木材，把我一起帶到這個位於密州樹林中的工地上，加入他們實現這項夢想工程的工作。房子是由比爾的父親親自設計的。葛爾夫先生在工地上拿出建築物的藍圖，向我詳細解釋整座房子的結構，並說明當日預定的工作內容和性質——當中包括他本人對建造住房的各種看法、理論和哲學。從葛爾夫先生的說明當中我同時明白到一個美國人追尋和實踐一項夢想的決心與做法。開工時，在和煦的陽光照耀下，於青翠的樹木包圍中，我幫忙着用獨輪車搬運水泥，用金屬尺量度木材，以及用電動鋸切割木塊。我從中學習到和經歷了很多嶄新的經驗。雖然他們原本只想讓我一同參與，並不期望我負擔大量勞動，但是我自己卻很感興趣，常常搶着動手參與，很多時候，把他們一家人都惹笑了。當日我們一直愉快地工作到天將入黑才踏上歸途。你們說，這種經驗，對一個二十世紀七十年代東方留學生而言，是不是很有意思的跨文化教育呢？在此之前，我根本沒有聽到過或想及過一家人親自動手合力建造一所房子的概念。

為期十天的春季假期似乎一轉眼便過去了。我在曼菲斯辭別了接待我的兩個家庭——一個美國家庭和一個中國家庭，帶着一方面感激和一方面不捨的心情，偕同比爾開車返回田大復課。春季學期開課不久，我便接到比蒂從曼菲斯寄來給我的一封「中文信」。信的篇幅頗長，我數過，有一百三十多個中文字，而且其中所包含的詞彙相當豐富。雖然很多句子的文法都是倒裝的，但我仍然能夠不難地理解每個句子的含義。整封信的內容主要是表達：我們家很享受你的來訪，現在開始懷念和你相處的日子，特別是打籃球的片段，希望你在學校讀書進步。然而，末段有兩個句子是我所無法理解的：「我希望你是行井在內學校。井，更好地停現。」兩個「井」字真使我有如丈八金剛摸不着頭腦。幸好此信附有英文譯本。我於是查看其英譯。原來是這樣的：I hope you are doing well in school. Well, I better stop now.

曼菲斯之旅（二）——訪舊

發生於一九七四年春季假期的曼菲斯之旅，於我而言，其實具備雙重意義：其一，應邀至好友比爾家中作客；其二，探訪住在當地與我睽違經年的小學老師胡麥惠玲女士。

麥老師乃五六十年代香港著名戲劇家胡春冰教授的夫人。她於六十年代在荃灣全完第一小學擔任音樂老師。我在荃一母校肄業期間，高班那幾年，都被選拔為麥老師和江文娟老師領導的合唱團（學生團契詩歌班）的成員。當時在合唱團內，仍唱童聲的我，很獲得麥江兩位老師的愛護，是她們所悉心培植的學生之一。

一九七三年的秋天，臨將出國的前幾天，我在荃灣眾安街不期遇上我的小學同學歐陽金嬌。當知道我即將前往田納西升讀大學時，金嬌同學興奮地告訴我：「真湊巧，你知道嗎？我們的麥老師已經移民美國，現正住在田納西州的曼菲斯市呢！」當晚，金嬌同學熱心地來電我家，告訴我麥老師在田州的地址和電話，並囑咐我到校後別忘記跟麥老師聯絡。

我於一九七三年九月抵達田大，從此開啟了我的大學生活——生命當中最美好的一段青葱歲月。我在諾斯維爾的田大校園安頓下來後，不久便去信與麥老師取得連繫。麥老師在回信中告訴我，她於一九六七年來到曼菲斯跟隨大女兒一家過退休生活。她女婿是一位生意人，在當地經營餐館和雜貨店業務。平日除了幫忙照顧兩個外孫女兒之外，她間中也會到雜貨店協助料理生意。她在信中說：「雖然此地生活環境與香港不同，但我也不難適應，日子也過得十分愉快。」麥老師叮囑我有空不妨多寫信給她，並且於信末提出一個建議：「你放假時，若沒有去處，可以來探望我。」顯然，作為一個居美多載的香港移民，當時麥老師已經明白到，美國大學的留學生於放假期間都會遇上因宿舍關閉而需要暫時寄住他處的問題。

到了春季假期，好友比爾邀請我到他在曼菲斯的家作客，我於是獲得機會順道探望我多年不見的兒時師長。到曼菲斯後的第三天，早上，按照原定的計劃，比爾根據我交給他的地址，開車送我往天湖區（Sky Lake）探望我童年時代最為敬愛的老師。比爾和麥老師在屋門口見過面握過手後便駕車離去。麥老師和我相見時，十分高興，笑容滿面，緊握着我的手說：「這麼多年過去，長這麼大了，可模樣兒還是那樣，沒多大改變。」麥老師一家顯然是個忠厚人家——她的親家太太、女婿、女兒和（女兒的）小叔都親切地與我交談，交帶我不要見外，都說：「把我們這裏當做自己的家一樣才好。」

在客廳裏，方坐下，喝了茶，麥老師便捧出一本那一年的《中華基督教會香港區會年刊》，讓我看。那份厚厚的年刊刊載了中華基督教會在香港主辦的所有中小學校的資料和照片。麥老師對我說：「我前些時才收到區會寄來的這份年刊。看着這些圖片和文字，便回憶起從前在荃灣教書時的很多情景。記得嗎？那幾年我們合唱團參加區會主辦的合唱比賽每年都獲獎。想不到，收到年刊後，沒多久，你便千里迢迢的來到我的面前，真是世事難料呢。」麥老師和我於是談起了我們以往在全一小學的種種舊事、點點記憶。我發覺，對於其他好些舊同學，麥老師都無法記得起來了。我們兩師徒談談講講，十分暢快，只見親家太太在屋裏進出走動時，總帶着一種欣慰的眼光，默默地看着我們微笑。

在麥老師家吃過午飯，老師女兒的小叔（女婿的弟弟），一位與我年紀相仿的年輕人，便建議開車載我去參觀曼菲斯市，兜兜風。我當然同意。在車上，這位小叔子告訴我他去年同樣在諾城田大念書，今年才轉校就讀曼菲斯的私立西南書院（Southwestern College at Memphis），靠近家裏，周末可以回家吃母親燒的中國菜。我發覺，這位不懂中文的田納西土生華僑，是一個毫不輕浮、十分沉實的青年，言談有禮，態度親切。他當日載我遊遍曼菲斯市中心，參觀了市立曼菲斯圖書館、州立曼菲斯大學和私立西南書院。他此時肄業的這所西南書院，校園十分幽靜、典雅，全部建築物都是用石塊砌成的歌德式樓宇，風格統一，兼且老樹蘢蔥，花木扶疏，分配得恰到好處，整體上，顯得不但和諧，而且高尚。

在汽車上，小叔子並且告訴我，他們家傳至他已經是第四代美國華僑。他的曾祖父輩最初從廣東恩平到密西西比州當採伐木材和採摘棉花的契約勞工。現在，住在曼菲斯市的華僑大都是他們的宗親和同鄉，有着同樣的移民背景，一般都做小生意，經營餐館、雜貨店或洗衣店。談話間，他已經把車子駛到一座兩層建築物前面，對我說：「看，這就是我們的商會。」我抬頭一望，見到那座略為陳舊的房子掛着一個招牌，上面用中文字寫着「曼菲斯恩平商會」。那刻，我覺得眼前這所房子彷彿變成了一個符號——象徵着某些華裔群組百多年來在異國他鄉艱辛創業的精神。這次兜風，從小叔子友善的解說中，我認識到美國南方華僑的奮鬥歷史和生活狀況。

回到他們家裏已近晚飯時分。晚飯分兩桌吃，大人坐一長方西餐桌，兩個小孫女兒則坐到旁邊的小方桌上。起筷前，麥老師的親家太太和麥老師異口同聲邀請我住到他們家裏。我首先對她倆的拳拳盛意表示感激，然後解釋，我因為已經應邀在比爾家住下，禮節上，不方便再搬出來，故此，只能夠謝絕他們的一番美意。他們兩位也對這個情況表示理解。麥老師的女婿，為諾城田大校友，親切地向我介紹曼菲斯華僑的生活模式——大家俱聚居在天湖區，平日忙於籌劃生意，經營店舖，周末時，會聚在一起打打麻將，同時交流商業訊息。我那幾天都有一兩聲咳嗽，估不到，麥老師在早上有見及此，晚飯已經煮備了淡菜火腿冬瓜湯，企圖借此幫助我止咳，兼且，飯後，又用蜜糖和自家院子裏長的金銀花沖茶讓我喝飲，雙管齊下。

離開麥老師的家時，麥老師送我到門口，交給我一罐他們自家店製的春卷和杏仁餅，讓我捎回去送給比爾一家人品嘗，表示友好和問候。還有一包已經曬乾了的金銀花，囑咐我帶回學校，日後咳嗽時沖飲。她又吩咐我回諾城前要再到他們家一聚。小叔子開車載我返回比爾家。我坐進車內，引擎開動，一回頭，看見麥老師站在屋門前揮手佇望着我離去。

我臨返回田大的前一天，又依約到麥老師的家去叨擾了一趟。麥老師見到我不再咳嗽了，喜不自勝，說：「中國人體質就是中國人體質，喝了中國藥茶，就會好起來。」我也沒忘記代比爾一家轉達他們對麥老師所饋贈的食品的欣賞與謝意。中午，吃過午飯，因為當日剛好由麥老師與親家太太負責看守店舖，他們便把我一同帶往他們家經營的雜貨店參觀。這間店舖，鄰近曼菲斯市黑人區，主要針對做非裔人士的生意。在店內，麥老師向我介紹店舖的兩個組成部分：家品和食物。之後，我們坐下來，一邊看舖，一邊聊天——談人生，談信仰，談音樂，也談全完第一小學。麥老師告訴我，全一是中華基督教會於二十世紀初（一九零五年）在香港創辦的第一所學校，在區會的發展歷史當中，具有它本身的特殊地位。她又說，我在校肄業的那段時期，全一為中華基督教會所十分重視的重點學校。這個下午，除了暢談往事之外，麥老師又訓練我操作收款機器、參與生意買賣，讓我不至發悶。

當天晚上，回到他們家，吃晚飯時，客廳裏特別開設了一張舖上漂亮枱布的圓型飯桌，上面安放着一整套精緻美觀的中式瓷器餐具：杯、盤、碗、碟、匙、筷，等等。另外，還有一處跟上次不同的地方就是——大人小孩都坐在一塊兒。麥老師、麥老師的親家太太、女婿、女兒、小叔子、兩個小孫女兒和我，坐滿了一張大圓桌，濟濟一堂，好不熱鬧。我同時見到，麥老師夥同親家太太烹調了很多款味道不同的中國菜式，鷄、鴨、魚、肉都有，俱是精心炮製的正宗粵菜，真使我這個平日在學校只能品嘗食堂西餐的「香港仔」感到食指大動。席間，我仍遵行我家從小的庭訓——處身客席，夾菜時，只選取擺在面前的兩三道菜。然而，那邊廂，身旁的親家太太，秉持老派人當主人的熱情和禮數，不時為我夾菜，讓我安心吃得肚滿腸肥，盡情痛快。因為已經同我比較熟絡了，年輕一輩，麥老師的女婿、女兒，特別是小叔子，都與我相談甚歡。座中兩位上年紀的，怕我面嫩，都連番提醒我：「就像自己家裏一樣，別客氣，儘管吃，回到學校就吃不到中國家常菜了。」我當時心中感念：「辛苦兩位長輩了，為着讓我這個留學生吃上一頓家鄉菜，忙碌一場。」其實，除了這席豐盛的菜餚、這番殷勤的款待之外，當時更加使我感到享受和依戀的，還有一種似乎已經久違了的「家」的感覺。

到了告辭的時候，麥老師送我一大袋東西，讓我帶回學校吃用，裏面有：一罐老師親手做給我的合桃酥，以及不同口味的粽子、水果、朱古力，此外，還有牙擦、牙膏和洗頭水等日用物品。在屋門口，握別時，麥老師囑咐我回校後努力學業、注意身體、保持聯繫。親家太太則說：「他日成家時，要寄請帖來，讓我們知道。」——一種典型傳統中國長輩對後輩的關懷和期許。俄頃，小叔子把汽車開過來，我坐進去，關上車門，車子便開動。於是，我又一次回頭張看，見到麥老師，像上次一樣，殷殷地站在屋門前，一邊揮手，佇望着我離去。

全球大遊行

二十世紀七十年代，全世界正處於資本主義與共產主義兩大陣營相互對壘的冷戰時期，距離現今全球一體化的時代仍然甚為遙遠。那時候，美國國內各大學的外國留學生幾乎全部都像我一樣生長於非共產主義國家。那些年，我在田納西大學念學士學位的時候，校園內有不少來自五大洲自由國家的不同膚色和種族的留學生。我們這些操不同母語的青年學子，遠涉重洋，間關萬里，在時空交錯中，一同匯聚在氣候和人情同樣溫暖的美國南方，各自追尋自己的夢想、創造自己的前途，往往共同建立起十分值得珍惜的友誼。

在那個年代，田大實行一連串照顧外國學生的政策，使到我輩國際學生在諾斯維爾校園內能夠獲得十分有意義和愉快的大學生活。首先，校內的國際學生事務處一貫體諒國際學生們的各種經濟困難，竭力與位於納斯維爾

（Nashville）的田州移民局溝通，盡量幫助我們申請並獲得暑假期間在校外全時工作的工作許可證，讓我們得以利用為時三個月的暑假賺取補貼。此外，校園內，在Clinch Avenue的小斜坡上，有一幢兩層高的舊式樓房，闢作國際學生休憩中心（International House），設有幾個客廳，置備報章、雜誌、圖書、鋼琴等設施，讓國際學生們平日，特別是周末，在此結交朋友，消磨餘閒或寂寞的時光。那年頭，每逢星期五晚上，都會有無約會、沒去處的留學生待在這所幽靜的舊房屋裏打橋牌、閱報、彈琴、唱歌或聊天。

我最欣賞的一項田大措施，就是規定所有國際學生第一年級必須住進校內宿舍，並且與一位美國學生同房。這項規定幫助和促進一個外國學生學習和適應美國語言和文化，並且讓他能夠與美國學生建立友誼。我自從第一年級第一學期住進學校宿舍以來，便喜歡上了住宿舍的生活和文化。我整個大學過程都住校，除了第一年住葛爾夫樓，往後幾年一直住在紅色磚房連內庭的老式米爾路士樓，沒有離開。我每天與宿舍內的美國同學一同起居作息，討論問題，交換意見，互相影響。我從他們身上學習到他們的生活方式、價值觀念和幽默感。曾有過這樣一樁印象深刻的經歷：在萬聖節（Halloween）的晚上，我於宿舍梯間遇上一位住同樓的舍友，只見他用紗布包紮着額頭和左耳，並且在左耳部分染上紅藥水，冷冷的對我說：「偉唐，我是文生·梵高（Vincent van Gogh）。我割下了我的耳朵。」我當時為他逗得哈哈大笑。我私淑將住校的宿舍生涯列入我個人大學課程之內，使它成為我整體大學教育其中的一個重要部分。

我平日除了在宿舍與美國同學們打成一片之外，也格外珍惜和熱中與國際學生交往，以期藉此增加自己對不同民族和文化的認識。那年頭，在田納西，美國南方的人情味十分濃厚，早上上學途中，遇上迎面而來的陌生人，彼此都會望向對方，點頭微笑，並說聲早安。處於這樣的氛圍當中，在校園內，任何時候，每當我與外表看來像外國學生的人在路上碰上時，雙方都會互相走近，自我介紹和握手。我們通常會自動報上姓名、國籍、所屬學院、學系以及年級。那人可能會對我說：「噢，我們學院裏誰誰誰來自香港，誰誰誰來自台灣，你認識他們嗎？」談話間，如果那人是越南學生，我或者會問：「這幾天越南戰爭進行得如何？」倘若那人是伊朗學生，我敢情會問：「這幾天伊朗革命發展成怎樣？」我們都能夠藉着自己遇上的國際同窗，連結和關懷地球上不同角落的人們的生活。回顧起來，我覺得，在那個沒有互聯網和手機的時代，人們對於隔着山、隔着海的遠方，反而顯得比現在更為好奇和關切。在我整個大學生涯當中，來自法蘭克福的彼得（Peter）、來自德克蘭的舞詩歌（Mozhgan）和來自西貢的阿德（Duc）都曾經與我建立起多年深厚而真誠的友誼。

位於田大學生中心（Student Center）底層的田大郵政局，就是我個人大學生活記憶中的一個重要地標——在往後居住於芝加哥和紐約的日子裏，我曾經不止一次在睡夢當中回到那個所在。由於國際學生的住址每個學期或學年之後都有可能轉換，所以我們一般都會在學校郵局租用可全年十二個月使用的郵政信箱，用來與家人和朋友保持通訊。這間郵局一天派發兩次信件，大約在早上十一至十二時及下午二至三時左右。星期一至五，每逢上完早上的課，用午膳前，國際學生們都會不約而同從校園各個不同角落走向位於校園中央的學生中心，來到底層的郵政局，滿懷希望地檢查信箱。在飛機票和電話費同樣非常昂貴的七十年代，郵政局成了我們這些海外遊子與家人和朋友取得連繫的唯一中間媒介。在那裏，站在一排一排巨型火柴盒似的信箱前面，你會見到有人滿心歡喜地取出信件，也會見到有人一臉沮喪地關上信箱。有人大聲宣稱他終於接獲情信，也有人低聲抱怨他仍在等候家書。最熱鬧的莫過於包裹領取處，但見膚色白色、黑色或黃色的國際學生，從郵局職員手中接過家裏寄來的包裹時，無不咧開嘴巴，露出笑容，一副如獲至寶的模樣，在在說明了包裹裏邊除了裝載着家鄉的食物、用品、衣服和書籍等物之外，還盛滿了家裏人對他們這些年輕在外的學子們的關懷和愛護。很多時，收到包裹的人會走到一個角落，急不及待地打開郵包，看個究竟。遇上有熟人在旁邊見到，還會好奇地投問：「這是甚麼東西？這是你們國家的報紙嗎？給我一份。」我收到家裏寄來的包裹裏面通常有：蝦子麵餅、嘉應子、冬菇、紅棗、菜乾、蜜糖、玫瑰紅茶、書籍、樂譜、大疊大疊的舊《明報》和《明報晚報》等物。每逢收到包裹之後，我都會在晚上邀請一兩位香港同學到宿舍房間來喝茶、吃零食和聊天，有時，兩三個人會各自拿着一張《明報》在閱讀，不說話，讓報紙上的消息安撫海外遊子終日望鄉的心靈。

每年春天，當和煦的南部陽光照醒了大地，明艷的狗木花（dogwood）開遍了校園每一個角落的時候，田大國際學生事務處便會為田大社區呈獻一項盛大的文化交流活動——「全球大遊行」（World on Parade）文藝晚會。我所保留的一九七七年度「全球大遊行」節目表的背頁印有如下的字句：「『全球大遊行』是我校國際學生呈獻的年度文化交流表演，票房所得一概撥入本校『國際學生緊急救援基金』。」何謂緊急救援基金呢？舉一個例子，曾經有香港同學的父親在港突然逝世，當時，便由這個基金撥款資助他購買機票返港奔喪。所以，此項活動包含雙重意義：向當地人輸送異國文化，並且為留學生籌措不時之需。

可見當時田大國際學生事務處對外國學生的照應是十分周詳的。

田大香港同學會於一九七七年四月二十三日首次參與「全球大遊行」文藝晚會的演出。我們負責演出的項目是以合唱團的形式演唱三首中國歌曲。這個「香港學生合唱團」由我擔任指揮，我的兩位音樂系美國同學約翰（John）和安妮（Ann）分別擔任鋼琴和長笛伴奏。合唱團的成員由約二十位香港同學會會員組成，其中還包括了幾位來自新加坡和印尼的華裔學生。事前，各個國際學生團體都密鑼緊鼓地各自籌備和綵排他們自己國家的傳統歌舞，以期為籌款晚會出力、為國際學生增光。這期間，偶爾在郵局遇上相熟的非洲、中東或台灣同學，大家都會交換情報，交流彼此將會演出的項目內容，並且互祝演出順利和成功。這個晚會為諾斯維爾大學城內的留學生們提供了共同向美國同學展示本國傳統的櫥窗，使我們覺得自己並非完全空着兩手來到當地，而是自身攜帶着和具備有值得驕傲的本國文化。

香港學生合唱團為「全球大遊行」的演出假國際學生休憩中心進行了一連

串綵排。好多個周末，同學們都於晚上聚集在綵排現場，在我的指揮棒下練習音準、吐字、分句、呼吸，以及運用不同聲部演唱等基本合唱技巧。雖然偶然會有人因事遲到或早退，但整體而言，同學們都熱心和積極地參與，不惜犧牲拍拖或打工的時間，共同進退，努力去克服種種歌唱上的困難，不斷改進自己的合唱水平。幾次，田大音樂教育系的教授Dr. Humphreys，我的主要學術導師，亦應邀抽空前來旁聽綵排，並提供意見。

那晚上，嬌艷盛放的狗木花在月光下到處迎風搖曳，「全球大遊行」文藝晚會就於田大室內運動場正式舉行。大量購票進場的田納西當地人士，像環遊世界一般，先參觀二樓大堂內設置的各個國際學生會攤位——當中展覽出不同國家和民族的手工藝品和傳統服飾。之後，他們便在一樓大禮堂內入席共進晚餐，品嘗多樣不同風味的國際菜餚。大禮堂的舞台上，魚貫演出各個國際學生單位負責的表演項目：拉丁美洲同學的舞蹈、阿拉伯同學的舞蹈、非洲同學的舞蹈、印度同學的舞蹈、台灣同學的古箏和琵琶合奏、香港同學的中國歌曲合唱、羅馬語系同學的西歐民歌演唱、浸信會學生團契的美國民歌演唱等等。我鮮有地見到香港同學們男的結領帶、女的穿裙子，打扮得漂亮大方、煥然一新，在舞台上聚精會神地依從我的指揮演唱。從他們歡欣的笑容和甜美的歌聲中我聽出了他們對香港的驕傲和祝願，就像他們藉兩個不同聲部唱出的那首〈水仙花〉所言：「邦有道，民安樂，家家齊唱太平歌，太平歌，太平歌。」如今回顧，這樣的歌詞，印證於二十世紀七十年代幸福自由的英屬香港，確實是形容得十分貼切和恰當的。

在那個相對而言通訊和交通都比較不那麼發達的七十年代，我輩留學田大的國際學生都能夠明白——很難得地，知識把我們從世界各地牽引匯聚到美國南方這所古老的大學，互相切磋，共同學習，我們實在值得珍惜同學之間的邂逅與交往。我當時與我所結交的國際好友們都彼此真誠相待，親密無間。敢情，我們於田大母校完成學業之後，像海燕般分飛到地球上不同的角落，漸疏音問，難得再聚；然而，我相信，在隔着山和海的遠方，大家心坎裏都會長久保留着那段年輕時共同在田納西河畔追求學問和夢想的美好記憶。

農曆新年晚會

在二十世紀七十年代，田納西大學諾城校園內的外國學生，就人數而言，以台灣學生為首，而我在田大肄業期間亦與不少來自台灣的同學建立了誠摯的友誼。當時就讀田大的台灣同學人數確實不少，據説每年都有百數十人。香港同學則通常只在一二十人之間。到了七三年九月，入讀田大的香港學生人數突然大增至六七十人。同學們於是草擬成立一個香港同學會，以團結香港同學間的交誼與照應。

香港同學會正式成立後，舉辦的第一項活動，就是邀請田大的尼日利亞同學與香港同學進行一場英式足球比賽。隨後的活動就是參與田大「全球大遊行」文藝晚會的演出以及於農曆新年舉辦一個中國新年晚會。

當時念工程學院研究院課程的田大香港學長佛德烈許——香港同學會會章

的主要草擬人——曾經告訴我，在田大，每年農曆新年，代表台灣同學的中國同學會都舉辦中國新年晚會，款待田大師生及本地人士，並邀請中華民國領事出席。據他說，台灣同學們通常租用校園附近一所教堂的大禮堂作為場地，頗為着重規格和儀式。會場佈置着中國風格的燈籠和掛飾，賓客在禮堂門口由提着中國宮燈的兒童帶引進入會場就坐，然後由領事及學生會會長致辭，再然後，才開始飲宴和文藝演出，格局和氣氛都顯得隆重而大方。

我在田大就學期間的幾個農曆新年，香港同學會每年都仿效台灣同學們的做法，舉辦一個慶祝中國新年的晚會，向校內外人士介紹傳統中國賀年文化和習俗。因應當時校內我們這幾十個十來廿歲的香港黃毛小子的經驗和能力，同學們決定把晚會的規格定性為小型遊藝晚會，避免任何統籌上力有不逮的隆重儀式。以下，就我手頭上保存的資料記述一下某年我們舉行中國新年晚會的情況。

那年籌備工作進行時，幾經考慮，同學會決定租用靠近校園的一間小教堂地庫中的連廚房食堂作為晚會的場地，因為所需要付出的租金相當便宜，而且所提供的空間十分實用。廚房用來烹製中國菜餚，堂食部分用來擺設大量餐桌以及一個簡單的小舞台，以備進行晚宴及各種文藝節目的演出。

為了宣傳，同學會於新年前兩星期在田大學生中心租用了一個小攤位，用以推廣及銷售中國新年晚會的入場門券。同學們按照各自的上課時間表抽空輪流負責看守攤位，向路過的田大師生們推銷晚會的入場門券。門券定價為四元。同學們發覺，當我看守攤位時，由於我交遊廣闊，頗多相熟的美國同學都過來向我查詢晚會的事宜，我的銷售成績很不錯，於是要求我加時「看檔」，而我亦樂於效勞。當時，我是「田納西男士合唱團」（Tennessee Men）的成員，我合唱團中的好些團友路過時都為了響應和支持我而解囊購票，其中包括好友當奴（Don）。而我在音樂和音樂教育兩系的老師 Dr. Humphreys、Dr. Mintz 及 Mrs. Carter 亦響應我的推銷向我購票並攜同家人一同參與此番慶祝。

其實，我於此項活動中的主要任務是負責綵排和指揮合唱團演出。一連幾個周末我都在國際學生中心與「香港學生合唱團」的團員們一起綵排幾首歌曲。除了新年歌曲〈恭喜恭喜〉和〈賀新年〉之外，還特別選唱一首著名香港時代曲，姚敏作曲的〈第二春〉。我選唱〈第二春〉這首歌曲的原因，是因為這首香港時代曲曾於五十年代被改編成為百老匯歌劇《花鼓歌》（*Flower Drum Song*）的主題曲 *Ding Dong Song*，在西方流行樂壇名重一時，廣受歡迎，並成為一九五六年全美流行曲榜（Bill Board）的榜首。此曲一方面是美國人耳熟能詳的經典金曲，一方面是香港人引以為傲的歌曲原創，正適合擔當美港文化交流的任務。另外，此曲的中文版歌詞云：「窗外不再有，淒淒切切的幽靈，只聽得喜鵲齊鳴。今夜的清風，吹來了第二春，又把消沉的夜鶯吹醒。」我覺得，這樣的歌詞，傳播了春天的消息，帶來了嶄新的希望，在一元復始之際，聽來會令人感到振作。

到了晚會舉行當日，我在傍晚時分便隨同同學們的車隊前赴那所小教堂——晚會的舉行地點。去到會場，只見男同學都穿上筆挺西裝，女同學都穿上花俏裙子，與平日穿便裝的樣子截然不同，各人都散發出一股屬於少年十五二十時的青春氣息。同學會會長告訴大家，我們已售出二百多張門票，加上現場門口即時購票入場的參加者，今天晚上準備接待的賓客接近三百人。一時間，大家都感到十分鼓舞，立時投入工作。有人進廚房烹調食物，有人在外間搬運枱椅。我跟合唱團和伴奏最後綵排了一次之後，便參與佈置遊戲攤位的工作。

晚會於六時開始——六至八時為接待時間，供賓客們參與各種攤位遊戲活動，隨意耍樂，八時才正式入席享用晚餐並欣賞文藝表演。賓客們於地庫食堂入口處交出入場券給工作人員，便可自行進入會場。當晚的遊藝節目內容，記憶中，有中國歷史年表展覽、中國工藝品展覽、中國傳統服飾展覽、來賓名字中譯、麻將耍樂及其他，其中以打麻將的遊戲最受歡迎。想不到這些平日極少賭博的樸實田納西人，一旦經由香港同學傳授打麻將的基本技術後，便馬上上癮。而那些沒有機會正式參與的，一邊從旁觀戰，一邊等候落場，各各顯得癮頭十足，津津有味。同學們原先向諾城當地華人商借回來的五六副麻將牌已經全部啟用，尚且向隅者眾。有一位自稱猶太裔的女賓客，更向我展示她所隸屬的一個猶太麻將會的會員證，並告訴我她有十多年打麻將的經驗，是高手一名。真可謂國粹揚異域，出乎意外。

我那位「田納西男士合唱團」團友，專誠為捧我場而來的當奴，平日既熱衷政治、關心時事，又追求藝術，沒想到，一沾上麻將這庸俗不堪的玩意兒，便全情投入，沉迷其中，堅決不肯離座。他向我招手，示意我過去站在他身後觀戰，並不時向我問計，還一套一套的理論，說得頭頭是道。他一邊打牌，一邊提出要求：「偉唐，你下次回香港，一定要替我買一副這樣的麻將牌回來。我得好好地學好這玩意兒，很有趣呢，簡直引人入勝。」後來，我真的趁一次回港探親之便，買到一副盒裝竹面象牙底的手製麻將牌送給他。他收到時高興萬分。現在回顧，這種象牙質地的精緻手製麻將牌，在今天恐怕是再不容易見到的了。

到了八點正，各個遊戲攤位關閉，撤換成為餐桌，晚會正式開始。負責接待賓客的同學們紛紛邀請賓客往數十張餐桌入座。中央一張特別長的長方型餐桌上擺滿了各種各樣由同學們親自烹製的中式菜餚：炒雜碎、芙蓉蛋、咕嚕肉、蠔油牛、宮保雞、炒雜菜、幾種餃子、幾款春卷、酸辣湯、雲吞湯、炒麵、炒飯和白飯等等。賓客們以自助餐方式隨意選取食物享用。我只是奇怪這些平日在香港嬌生慣養的年輕人是如何學懂烹調這些食物的技術的，因為美國友人們都紛紛向我稱讚各種菜式味道十分可口呢！我猜想，是由於部分同學課餘在諾城附近的中國餐館新北京樓和金龍樓打工，耳濡目染，並向廚師們討教，從而學到的。後來有人告訴我，與同學們相熟的新北京樓和金龍樓的幾位大師傅，見小夥子們籌備賀年晚會，血濃於水，樂見其成，都有抽空過來指導和調控這些菜餚的製作。

方開席不久，同學會會長便登上小舞台，向來賓致歡迎詞，並介紹文藝表演的項目。當晚有多種文藝表演，除了香港同學合唱團的合唱表演外，還有個別同學負責演出的中國拳術示範、竹笛獨奏、鋼琴獨奏、歌曲獨唱及其他。我個人最為感動的時刻，就是合唱團演唱那首〈恭喜恭喜〉唱到「冬天已到盡頭，真是好的消息，漫漫長夜過去，聽到一聲雞啼……」的當下。在那些各人都在異鄉為自己的學業和前程努力奮鬥的青葱歲月當中，唱着這些描寫盼望美好未來的歌曲內容，特別令人感到鼓舞。

另外，較為讓我留下深刻印象的就是在田州橡樹脊（Oak Ridge）出生成長的華裔同學佩蒂（Patty），香港同學們的ABC（American born Chinese）友人，用吉他為自己伴奏，演唱了一首美國民歌 *This Land Is Your Land*。佩蒂憑藉她那甜美的歌聲，向與會者訴說出一個華裔美國人的心聲：

這是你的土地
這是我的土地
從加利福尼亞到紐約島嶼

從紅木森林到墨西哥灣流
這土地屬於你和我……

此前，有一次，在閒談中，佩蒂曾經向我吐露她在國家認同方面的心聲。她說自己在田納西出生成長，對中國向來一無所知，從小以為自己是美國人，毫不懷疑。她跟着略帶氣憤的說：「然而，我愈長大愈察覺到，圍繞我身邊的人在他們自己心目中都把我當作一個中國人。」她說，她這些年在田大校園所以喜歡與香港同學交往，就是為了要找尋一種看似是根源的，其實是全新的認同。故此，我當晚很清楚知道，她選唱這首美國民歌，是寓意深長，有所寄託的。我當時心中很高興這個新年晚會能為她提供這樣一個表達內心深層感受的機會。我並且覺得，她這番假託歌聲所作出的表白，亦同時豐富了這個新年晚會的內容和涵義。

此次由香港同學會主辦的慶祝中國新年晚會，在財政方面，除卻各種開銷之後，入場費所得的剩餘盈利，據說仍有一千多元。同學會把這筆錢的一小部分用來長期訂閱當時的美洲版《明報》，設置於田大圖書館的報刊閱覽室，供應港台同學平日讀報之需；其餘款項則盡數撥入「田大國際學生緊急救援基金」，為田大國際社區做出一分貢獻。

每月學術座談會

有一天，早上，我獨自在「大煙山皇宮」（Smoky Palace）學生餐廳安靜地進食早餐，一面將田大校報「每日曙光」（Daily Beacon）執拿在一隻手中閱讀。正準備吃甜品時，抬頭見到學長約翰何站在面前，他說聲「早晨」，便坐了下來。「有件事情需要你的支持。」他說。我問：「甚麼事？」他答：「這樣的，鑑於近日香港同學當中所發生的不幸事故，我和太太商量好，打算每月一次在我家舉辦一個小型學術座談會，凝聚同學們的交往，以免再有人落單。」我一聽甚喜，說：「十分好，我贊成。這事情由你們來辦最合適。」再說，我當時心中覺得，大家於周末放假時，與其儘是開車去逛商場、吃東西，不如安排部分時間坐下來談論學問，方不至於荒廢時日、虛耗青春。

何學長與我於同一學期入學田大，他念博士（主修生化），我念學士。他結婚前，不時與我在學生餐廳一起用膳，挺熟的。結婚後，他和太太住進已婚學生宿舍，家裏有客廳，地方寬敞，有條件邀請香港同學們去聚會。而他此番說話中所指的「不幸事故」，確實相當令人唏噓和遺憾。事緣，前不久，一位田大香港同學由於過度孤立，心理壓抑，想不開，跳樓輕生，震動了田大社區，驚駭了國際學生，使得平日在我眼中充滿歡欣和希望的諾城校園，陡然蒙上一抹憂鬱的色彩。

半途棄世的同學姓甄，不久前，秋季學期，從香港來到田大，離世之先，在諾城校園，總共不過肆業了一個學年。我初始聽說有這麼一位新來的同學，香港中文大學畢業，原本主修哲學，現在轉修會計，從大一讀起。後來，在一個同學會聚會中見到他，我便主動過去跟他握手、交談，卻覺得他態度上有點冷漠。我之後就再沒有機會進一步與他交往。

幾個月後，有香港同學來跟我說：「相熟的一位馬來西亞同學向我透露，甄同學顯得情緒不穩，需要幫助。」又說，那位馬來西亞同學與甄同學同班上課，察覺出他心情異常，曾經去他宿舍開解過他幾次。我於是答應：「好，改天我抽空和你同去探望甄同學。」估不到，此事稍一延擱，便止於紙上談兵，再無法實行。其間，我曾經有兩次在路上或郵局遇上甄同學，想跟他交談，偏偏時不我予，不是自己趕着去上課，就是被別人拉着説話，只能隔空打個招呼——向他揮揮手。

直到春季學期末尾，考完大考那天，香港同學會於一間中國餐館舉行「學年總結聚餐」——學年告終，召集同窗，歡聚一番。前往餐館途中，就在那輛泊位後不用鎖門的破車上，同車同學把消息告訴我——甄同學在當日上午從一座宿舍的十四樓躍下，自殺身亡。我一時間口不能言。我那刻才驚覺自己當初誤判了事情的嚴重性。聚餐開始時，同學會主席站起來肅穆地向大家正式宣佈此一噩耗，並籲眾人靜默三分鐘，以示哀悼。當晚，席間，我和好些本來一心前來敍樂的同學都心情矛盾，食不知味，言不在意，唯有一部分同學，由於連死者是哪人都沒概念，照舊吃喝、談笑，還有人問我：「他究竟是誰？」

不久之後，諾城警方邀請了幾位香港同學去閱讀和翻譯甄同學的日記、信件和遺書，協助調查。據説，甄同學對自己當時的「現狀」頗感不滿——他憂國、傷時、又怨懟自己出國轉系廿六歲再從頭攻讀學士，等等。法庭最後正式宣判甄同學死於自殺。由於在事發前曾經獲得消息和警示，卻未能及時向當事人伸出援手，予以疏導，我當年對此不幸事件份外感到無奈。此事件實為我個人於幸福快樂的大學時代所經歷的一樁令人感嘆和遺憾的事情。

熱心的何氏夫婦為求亡羊補牢，防止同樣事情再次發生，於是發起此項「每月學術座談會」活動，借此促進同學之間的聯繫和友誼。做法就是——每月第一個星期日下午，於何家客廳舉行一個座談會，每次邀請不同香港同學主講某個自選的學術性專題，廣邀其他香港同學前來聽講。

那天，在學生餐廳，何學長邀請我擔任座談會講者，並遞給我一份預備好的表格，讓我填上我的名字、演講日期和演講題目。何學長同時告知我他將擔任首次座談會講者，講述「你身體內的糖份」的一個講題。我還記得，我那會兒看到在演講題目一欄上，已經有一位主修政治的香港同學填寫了「美中關係正常化」的題目。我當時覺得這樣一個切合當日時事的講題十分醒目。而我，側頭想了一下，決定在同一欄目填上：「紅樓夢研究簡介」。

紅學研究是我自中學時期培養出來的一項個人課餘愛好。我少年時代鍾愛《紅樓夢》這部中國古典小說，經常閱讀有關此書的研究文章和書籍。那個時代，上世紀六、七十年代，香港的報章和雜誌，例如《華僑日報》、《明報》、《明報月刊》、《大成》雜誌等，都不時刊登研究《紅樓夢》的文章。當時居港的紅學家們——徐復觀、潘重規、余英時、柳存仁、宋琪、胡菊人等，都各自就《紅樓夢》一書，從不同的角度，發表不同的主張，百花齊放，洋洋大觀。我除了剪存這些作者所發表的文章之外，並逐步搜購了頗多紅學書籍，包括蔡元培、周汝昌、俞平伯、吳恩裕、馮其庸、李希凡等人的著述。這個嗜好一直延續到大學時期都不曾停止。我當時便決定與通常主修工程或商科的田大香港同學商榷一下「紅學」究竟是甚麼一回事。

就在往後一年半載的時間裏面，田大香港同學碰面時，似乎多了一樁共同關注的事兒——「甚麼時候輪到你主持講座？主講甚麼題目？」可以看得出，大家都抱着一種相當認真的態度來對待這項活動。眾人都各自籌劃自己演講的題目和內容，有時，亦會向相熟的老友透露一些端倪，交換一些意見，通常都是借助這活動來與別人分享自己主修科目相關的知識。那時節，我感覺到，在這群平日忙於應付功課和考試的少男少女當中，彷彿形成了一種新鮮的反思學問的風氣。我看見人們開始嘗試超越一個盒子的框框去進行思想。

我所主講的「紅樓夢研究簡介」座談會是香港同學會舉辦「每月學術座談會」的第三次聚會。當日下午，在何家的廳堂上，與會的香港同學有十多二十人，有的坐沙發，有的坐椅子，有的坐地板，氣氛和諧、熱烈。我坐在一張椅子上，向大家講述和解說了這樣的內容：（一）《紅樓夢》的作者和創作背景，（二）《紅樓夢》的內容和要旨，（三）「紅樓夢研究」的發展和流派，（四）從純文學角度看《紅樓夢》。除了從寫實主義、浪漫主義和道家主義的角度闡述《紅樓夢》

一書的要旨和特色之外，我還於講座內容的第四部分特別詳細解說曹雪芹於寫作紅書時所運用的小說技巧。例如，曹雪芹如何在紅書第十七回，借寶玉與眾清客討論為大觀園各處題寫匾額和對聯的過程，從側面向讀者具體描繪了整個大觀園的結構和面貌。我以此作為例子，說明曹氏於紅書中展示了「觀點」此一現代小說技巧的運用——曹氏並沒有從作者的角度來直接形容大觀園，而是藉寶玉、賈政和清客們對大觀園各處的觀感和看法，來向讀者介紹了大觀園內不同景點的外觀、風格與特色。

我一口氣演說了九十分鐘左右。演說完畢後，又解答了幾位與會者提出的問題，之後，同學們過來跟我握手，表揚我，都說這個演講資料豐富、編排有序、解說清晰。當年與我坐同一輛飛機到田大上大學的中學同學偉奇，亦於忙碌當中，抽空前來聽講。偉奇主修經濟，平日不大關心或涉獵文學，這下，他對我說：「我現在明白甚麼叫小說技巧了，以後，可以買些小說來看看啦。」

我離開田大前往西北大學攻讀碩士學位之前，有大半年的時間，每個月都參與這項講座活動，以示支持。通常，幾個與何家較為熟絡的同學，包括我，都會於講座結束後應主人邀請留下來吃晚飯。作為一個長年每天在學生餐廳進用西餐的年輕人，我覺得，當時何家所燒的中式家常小菜，慰藉我不少鄉愁。

在交通並不那末發達的前手機或互聯網時代，留學生離鄉別井，遠適異域，在陌生的社會、文化和人際關係當中，一時倘若未能適應，內心難免會感到孤單與無助。他們於此時特別需要人際間的關懷與溝通，否則容易產生變故或意外。何氏夫婦於不幸事故發生之後，痛定思痛，騰出時間和精力，發起與主辦這項每月學術講座活動，反映了當年田大香港同學之間互相支援、彼此關顧的同窗情誼。回想起來，我實在敬佩何氏夫婦這一股服務他人的精神。

波斯友誼

在七十年代，田大還沒有像今日般成立音樂學院，只設有音樂系（屬文學院）和音樂教育系（屬教育學院）。這兩個從屬兩個不同學院的學系於同一座建築物——音樂大樓（Music Building）——運作。教職員辦公室、教室、練習室、圖書館、綵排室、演奏廳等等設施都由兩個系的教師和學生共用。事實上，兩系的師生從來都無分彼此，關係密切，仿如大家都在同一個大家庭一起生活、工作和學習一般。

當年，音樂大樓兩系中只有三個國際學生——來自德國的約翰（Johannes）、來自伊朗的舞詩歌（Mozhgan）和來自香港的我。主修指揮的約翰住在校外遠處，上課之外，比較少在音樂大樓出現。主修演奏的舞詩歌和主修音樂教育的我則仿似以音樂大樓為家，除了上課和到圖書館之外，早午晚都會賴在音樂大樓的練習室內練習鋼琴或單簧管。由於同屬國際留學生，處境相同，我和舞詩歌兩三年下來建立了深厚的友誼。

對於當時在美國的伊朗留學生而言，七十年代，就是一段祖國政治風起雲湧的崢嶸歲月。那些年，伊朗的巴列維王朝（Pahlavis Dynasty）與美國交好，進行貿易，我賣給你石油，你賣給我軍火。當時正與美國進行蜜月的沙皇政權資助大量伊朗學生留學美國。田大在那年代的國際留學生人數，以台灣排行第一，伊朗第二。無獨有偶，這兩個當時都相當專制的政府卻都讓其年青的國民來到民主美國接受高等教育，同時經歷他們之前沒有經歷過的高度言論自由。有趣的是，在校園內，我的台灣和伊朗朋友都常常向我批評各自政府的種種不是，可算難兄難弟。他們顯然十分享受當時所能夠獲得的廣闊的言論空間。兩夥來自東方的留學生，各自發表他們的偉論，各自高唱他們的怨歌。那時候，我覺得，這些青年人都是令人敬佩的愛國者，因為他們都敢於藉着批評祖國的政治利弊來體現他們對祖國的關懷和熱愛。顯然，七十年代的台灣和伊朗青年都保有個人的自由意志與獨立思想。

雖然，一霎眼，幾十年過去，然而，我還是忘不了那段上大學時大家狂熱追求藝術的青蔥歲月。音樂大樓裏常常有不分晝夜整日忙於練習樂器的同學。教我「視唱和聽覺訓練」的碩士生助教——琳達（Lynda），雖然已經是兩系公認最出色的小提琴學生，擔任我校管弦樂團的首席小提琴手，但還是終日爭取時間在練習室練習她的樂器，精益求精。一位女同學對我說：「就算只有十分鐘的剩餘時間，琳達也不會放過，也會走進練習室練習一番的。」我和舞詩歌兩人當年也都是兩系中的狂熱練習者，一方面由於對技術自覺不足，一方面由於對藝術有所追求。每逢周末或學季與學季之間的假期，眾人都休憩或度假的時候，音樂大樓底層的練習室區域總仍是會聽到我和舞詩歌進行艱苦練習的琴聲和管音。一次，我的和聲學功課要求我創作一首歌曲，配chorale式伴奏。我寫好了，便拿給舞詩歌看，讓她彈奏伴奏部分，我唱。那是我平生所創作的第一首歌曲作品，名為〈成長〉（Coming of Age）。沒想到，舞詩歌也在不久之後的某個晚上，走進我的練習室，回敬我以她自己作曲的第一個音樂作品——一首鋼琴曲〈夜曲〉（Nocturne）。這個作品就好像一首蕭邦夜曲那麼美妙動人。我當時聽她彈奏該曲後，被撼動，呆了半響，然後鼓勵她翌日要把這個作品彈奏給她的鋼琴教授欣賞。那首鋼琴曲旋律清新，節奏流暢，和聲浪漫，意境幽謐，讓人聽來猶如置身於星耀的森林、月照的山谷，渾然忘我。我數十年來都沒有忘懷，這位年輕的波斯女學生當時所展露的令人驚艷的創作才華。

舞詩歌來自德黑蘭。她的父親原是德黑蘭大學的社會學教授，於七十年代初攜着一家人來田州當交換學者。不久，因為伊朗國內的政治局勢轉趨緊張，醞釀革命，他們便舉家滯留在田納西。舞詩歌的親妹撒哈兒（Sahel）和表妹米娜（Mina），也在田大念書。親妹念傳理，表妹念工程，都與她親厚，常來音樂大樓找她，我因而亦與他們兩人成為好友。舞詩歌斯文沉靜，撒哈兒和米娜則天真活潑、暢所欲言，性格上，與舞詩歌有所不同。米娜更是一個充滿政治熱情、懷抱遠大理想、常常月旦天下的熱血青年。我每逢見到她的時候，總會聯想到五四時期的北大學生。最初認識她那天，她還用波斯語唱〈國際歌〉給我聽，活脱脱的一個以天下為己任的革命青年。

米娜雖然主修工程，但也彈得一手很不錯的鋼琴。她是當時田大「伊朗同學合唱團」的鋼琴伴奏——若不是他們告訴我，我也不知道伊朗同學會也像我們香港同學會一般組織了一個合唱團，而且定期每周綵排一次。某個星期，該合唱團的指揮外出應徵工作，米娜於是邀請我去為他們的合唱團作客指揮，替他們排練部分他們該年度選唱的曲目。那晚上，我去到工程學院的一間設有鋼琴的教室，只見舞詩歌三表姐妹都已經來了，在座還有十來二十位合唱團團員，全是男同學，就像 Glee Club[1] 一樣。全體團員甫見到我便一起從座位上站

1 Glee Club，即「歡樂合唱團」。「歡樂合唱團」是一種源自十八世紀英國的合唱組織，通常都是以純粹男聲合唱的形式進行表演。自十九世紀以來，它成為一般美國大學裏面常見的合唱隊伍，是為美國歌樂文化的一項傳統。

立起來表示歡迎。米娜逐一為我介紹，讓我可以與他們每個人握手，並交換姓名。這些清一色主修工程的伊朗男同學都彬彬有禮，態度誠懇，表現出一種像我們的民國青年一般的風度。那夜，我和他們綵排了幾首歌曲：伊朗的傳統民歌和革命歌曲。這些歌曲都留給我一種曲調清新和風格豪邁的印象。綵排時，每個團員都全情投入，給予我專注的眼神接觸、認真的合作態度。我傳遞出的每一個指示動作和每一句示範演唱，都能夠得到準確的回應與效果。我覺得那是一次非常具有成效和滿足感的合唱排練。我在家書中這樣告訴我在香港的雙親：「這是一個非常愉快的晚上。我慶幸有這個機會去認識屬於這個古老民族的美麗歌曲和優秀青年。」

由於當時發生的這場伊朗革命打着反美的旗號，一時間，美國社會和群眾都紛紛議論伊朗以及回教的文化起來。歧視女性、多妻主義、宗教劃一等議題短暫間在媒體上反覆被提出討論。人們彷彿昨天才知道世上有這些事情一般。不久，米娜和另外幾個我所認識的工程學院伊朗同學都中止了學業，回到伊朗去參加革命。到後來，美伊關係緊張起來的時候，舞詩歌告訴我，校園內，有好些美國同學在她面前說上一些抨擊伊朗的說話，都是帶侮辱性的，令她感到難受。尚幸，我們音樂大樓裏面的所有音樂同學對她的態度都一如既往般友好，沒有任何不禮貌的地方。在談話中，她向我表示，她認為，男女平等是必然的，回教社會應該追求這方面的完善。她同時說，西方人士並不理解，他們文化中的多妻制度的原意是出於對女性的照拂——為了讓貧窮無依的女人被納入家庭制度當中。然而，對於當時以何梅尼（Ayatollah Khomeini）為首的革命派別提出恢復古代的法律，她卻認為是一種矯枉過正的狂熱思想，不能苟同。

米娜返國投身革命幾個月後又回到了田大。她仍想盡量早日完成她的工程學位。我和波斯三表姐妹又恢復經常在練習室裏談笑、彈琴和唱歌。他們三人一字一句的教曉我用波斯語唱一首他們當時的革命歌曲——該曲旋律脫俗，節奏昂揚，充滿革命激情，令人感動。我一直把這歌的旋律和波斯語歌詞記得清楚，有十多年，都偶然唱唱。那年新年初的一天，舞詩歌跟我說起一事——

他們三表姐妹和哥哥弟弟一同於除夕夜出去慶祝除夕和迎接新年、吃晚餐、逛商場。回程時，由哥哥駕駛汽車，弟弟坐前面，她們三個女孩兒坐後面，大家一面談笑，一面唱歌，高興得很。突然間，米娜大聲說：「停止！國家正處於艱難時刻，我們不該在國外這般作樂，這是不對的。讓我們現在一起為國家禱告。」然後，她就在車中領着大家為國家的未來禱告。舞詩歌說，「當時所有人都被米娜弄得很尷尬、很掃興，彷彿做錯了甚麼事情似的。」我想，這大概就是處於一場革命運動當中激進派與溫和派之間所難免會產生的差異和矛盾。

我取得田大學士學位那年，比我遲入學田大的舞詩歌還未畢業。我初到西北大學念研究院時仍然與她們三表姐妹保持聯繫。我在漫天風雪的西北校園收到她們寄給我的其中一封信，是由舞詩歌和撒哈兒一人寫一半的。在信中，撒哈兒說：「在學校，所有認識你的人都跟我說他們懷念你。」舞詩歌卻告訴我：「在秋季學期和冬季學期之間的假期當中，一天，我回去音樂大樓練習鋼琴，卻發覺整座大樓只有我一人。我於是離開。」

一個惠風和暢的夏夜

上世紀六七十年代，在美國各州攻讀的台港留學生，每逢暑假，都會結伴前往幾個美國大埠打暑期工，通常都是在餐館裏當企枱（跑堂）。台灣作家趙寧筆下曾就他個人這方面的經歷作出過多番記述，是為我們那年代那一輩台港留學生艱苦攻讀的文學紀實。我在田納西大學念本科的那些年，幾個暑假，都跑到紐約，在高級美國餐館當企枱，練就一手用於侍宴的技術，獲得不少關乎酒菜的知識。

到了最後一年暑假，因為要修讀一門夏季學期的課程，以備趕及在那年年末畢業，我便留在學校，一邊選課，一邊打工。我當時向坐落在田大校園旁邊的喜來登校園酒店（Sheraton Campus Inn）申請工作。我在通過面試後獲知，酒店行政部門從我的履歷中得知我曾在紐約著名餐館 King of the Sea 和

Windows on the World 工作，並且一度成為紐約高級餐館工會 Local 20 的會員，於是致電紐約相關餐館查詢我的工作記錄。最後，覺得我的餐館經驗對他們有用，方才決定聘用我為餐廳的總企枱（headwaiter），並且每逢星期五中午為餐廳內舉行的一小時時裝表演擔任鋼琴伴奏。

由於這所酒店地處田大校園側近，其顧用的相當部分工作人員都是田大學生，只是兼職，並非全職。當時，酒店餐廳的領座員、企枱，甚至廚師，都是兼職的學生，只有經理和洗碗員是全職的。我作為一個來自亞洲的外國學生，要負責指導幾個本土學生的企枱工作，最初並不容易獲得認同和服從。我只好耐心拿出我具備的技術和知識來表現給他們看：例如，如何用標準手法於不露出原木枱面的情況下更換新舊枱布。例如，如何開香檳、紅酒和白酒，以及正確地侍酒——記着，總要站在叫酒的客人（通常為男性）左邊，先向他呈示用白色餐巾墊於手中的一樽原裝酒，然後開酒，把一顆酒塞放在他面前讓他聞嗅，倒少許佳釀進入他杯內讓他品嘗，他點頭後，把他的酒杯斟滿，方才向在座其餘各人正式斟酒。每次斟酒動作完結時，不妨把酒樽略為向上轉動，一方面讓樽口的餘酒可以回流樽內，一方面使斟酒的手勢能夠更顯風度。又例如，往酒吧取酒水時，對於哪種烈酒或雞尾酒應該配用哪種酒杯、果品或香料，都要熟悉——一面向酒保叫酒，便需一面在架子上選取相應的酒杯，並同時加進所需配合的車厘子、青檸皮、檸檬片、洋葱粒或肉桂條等物，不得怠慢。我就是這樣，經常找機會在客人和同事面前作出各種專業的侍餐服務，示範給同事們看，讓他們學習。他們開始說：「無論做甚麼，偉唐總會有一套較好的做法。」不久，帶位員，幾位企枱，以至廚房中的大廚、二廚和洗碗員都和我成為十分友好的工作伙伴。我覺得，美國人，尤其是南方人，都很公道，勇於面對和承認別人的優點，並予以肯定。

那夜，七月初一個柔和的晚上，餐廳裏的生意頗為忙碌，客人去了舊的，又來新的，有異於平日的冷清。到了接近打烊時分，幾位同事都向廚房落「柯打」點自己的晚餐——喜來登並不提供員工專門膳食，員工們都需從正式餐牌上為自己選餐，並支付半價。我見這晚生意暢旺，所獲得的小費比平日高很多，況且，當日剛好是我的生日，便為自己叫了一客中價的彩虹鱒魚（Rainbow Trout）。大廚祈斯（Chris）——一個冶金工程系碩士研究生——拿着我交給他的「柯打」單張，好奇地問：「你今天變成闊少啦？不吃漢堡包啦？」我只得低聲告訴他這天是我的牛一。後來，我因為工作崗位上仍剩下一枱遲來的客人未撤席，便一直不便過去鄰近廚房入口的員工餐桌吃自己那份已經就緒的晚餐。俄傾，只見生得美麗大方的領座員萊斯莉（Lesley）走到我面前，瞪着又圓又大的眼睛問我：「偉唐，你怎麼不早跟我說？」我問：「說甚麼？」她說：「今天是你的生日呀！」然後，她用一種半命令式的口吻跟我說：「你現在去吃晚餐吧，我來替你招呼這枱客人。」盛情難卻，我只好把工作暫時交託給她。

平常，每逢到將近十點，客人差不多都離去，殿後的一個企枱按慣例可以坐在接近廚房的角落用晚膳。我於是如常坐下來享用晚餐，而胖胖的洗碗員喬治亞（Georgia）亦照例於此時「蛇王」（take a break），坐下來跟我聊天。雖然她被人認為是一個頭腦並不機敏的人，但大家都對她很好，我平日亦與她很談得來。鑑於美國白人吃魚從來不吃魚頭的緣故，我沒忘記告訴她，我待會兒會把鱒魚的魚頭吃掉，嚇得她張開嘴巴，再不能合攏。說話間，萊斯莉又施施然走過來，隔着桌子對我說：「偉唐，酒吧那邊請你過去一下。」我問：「有甚麼事？」她說：「你過去便知道了。」我只得站起來往鄰廳的酒吧走去。

一走進燈光暗淡的酒吧，只見所有人——酒吧客人和舞台上的表演者——都用期待的眼光注視着我，靜靜的，無人說話。酒吧侍應琳達（Linda）迎向我微笑着說：「偉唐，生日快樂，請跟我來。」一面把我帶到舞台前面。台上站着與我熟稔的一雙夫妻檔歌手布魯諾和莎蘊（Bruno and Sharon）。布魯諾此時在電子琴上熱熱鬧鬧的按響了幾個和弦，然後對着咪高峰向眾人介紹說：「這位是我們餐廳的總企枱偉唐。他是田大學生，主修音樂教育。」莎蘊插口說：「一個很有教養的年輕人。」布魯諾又一次在電子琴上熱熱鬧鬧的按響了幾個和弦，緊接着說：「今天原來是我們的好朋友偉唐的生日。讓我們來歌唱！」說着，隨即彈奏起生日歌的前奏。一時，在歌手帶領下，現場所有酒吧客人都左搖右擺地舉杯為我高唱起生日歌來：「祝你生日快樂，祝你生日快樂，祝你生日快樂，親愛的偉唐，祝你生日快樂。」站在舞台下方，面對着滿廳好像熟悉但其實陌生的男女，在黃澄澄的燈暈下，看見那些真誠的笑容、聽到那些熱情的歌聲，使我這個遠適異域的遊子，在驚愕之餘，內心不期然感到十分溫暖。

我只好安靜地站在眾人前面，嘴巴合攏，嘴角彎起，保持着笑容，緩緩轉頭向左右兩邊張望，偶爾亦隨着音樂的節奏略略頷首，直到歌聲終止。歡呼和掌聲同時響起。我於是稍為欠身對眾人說：「謝謝，謝謝你們熱情的祝賀。」一面說，一面繼續保持面向眾人，同時移步往門口，再向台上的歌手擺擺手，轉回餐廳。

回到餐廳，萊斯莉和喬治亞都歡笑着同聲恭祝我生日快樂，又扮鬼臉。那時，最後一枱客人已離去，我便一邊與兩人談笑，一邊把晚餐吃完。當我將自己用過的杯盤拿進廚房時，見到祈斯，便一把逮住，跟他說：「都是你多事。」

他笑道：「其實不關我的事呀，是萊斯莉和酒吧那邊的同事們安排的，讓你驚喜。」跟着，他說：「我剛才打電話跟我太太說好了，下班後請你到我們家來喝啤酒。」我本來沒興趣喝啤酒，但見他盛意拳拳，不便推卻，只好應承了。

祈斯的家離喜來登不遠，步行五分鐘就到了。祈斯才新婚不久，太太也是田大學生，主修小學教育。他太太先自我介紹，叫康妮（Connie），然後招呼我坐下，一邊說：「祈斯偶爾會提起你，一個來自香港的外國學生。」我們三人便坐在小几前的沙發上，一邊喝啤酒、吃薯片，一邊看電視、說話兒。祈斯告訴他太太剛才同事們怎樣安排給我賀生日。我說：「我在酒吧裏頭的時候，其實感到挺意外的。」祈斯說：「沒甚麼，我們就是這樣，喜歡製造驚喜——這是典型的美國作風。」他跟着問我：「你在香港是怎樣過生日的呢？吃蛋糕嗎？開派對嗎？」呵呵，問得好，對我而言，這確實是一個很好的問題。我只得以事實來回應他：「坦白說，我從來沒有真正慶祝過我的生日。」他們夫婦倆一時錯愕，對望一下，目定口呆的看着我，無詞以對。我於是向他們解釋：「我出身自一個舊式中國家庭——父母在中華民國出生、成長和受教育，中國內戰後逃難到香港，仍秉持着民國時期的舊家風，不為孩子們做生日，因為他們的傳統思想認為那樣做會讓孩子們折福，同時寵壞孩子。我們家中的大人五十歲以前從不做壽。從小，我若是於某日見到飯桌上我的座位前面放了一碗麵或一隻雞蛋，我便會醒覺起那天是我的生日了，如此而已。」兩個田納西人聽得津津有味，點頭說：「很有意思，竟然有這樣的文化差異。可見人們的生活方式和信仰都是多元化的，不會宥於一途。」我們就這樣聊着天兒，直到電視上播完了周末電影，我這個從不喝酒（哪怕是啤酒）的香港留學生，才拖着醉醺醺的步伐，在星光和月色的襯托下，辭別友人，返回宿舍。宿舍門前的一幅草坪上，還可以見到幾個不眠的夜鬼在玩樂，一邊拋擲塑膠飛碟（frisbee），一邊唱着那首當時仍然受歡迎的流行歌曲：「像一道煩惱水上的橋，我會為你躺下……」

對於生活在田納西的美國南方人而言，一個人的誕辰是一項象徵着個人獨特內容的符號。他們認為，這樣一個重要的日子，是應該把它拿來與家人和朋友一起慶祝才對的。所以，當他們見到身邊的一個異鄉人，睽違親友，孤單地在陌生的土地上度過生日，他們內心便產生出無限的同情，要在自己能力範圍內做一些事情來帶給那人一點溫情、一些快樂。他們當年於我生日那個晚上在我身上所付出的善意、關懷和不求回報的慷慨，數十年來，一直停留於我心間。那個惠風和暢的仲夏夜，最終成為了我生命中的某些成分、性格上的某些養料。我清楚地知道，年少時，上大學的日子裏，在探索知識、追求學問的過程中，我曾經幸運地受到過濃厚的美國「南方客情」（southern hospitality）的薰陶。

報佳音故事

聖誕節總是喚起我對過去那些純樸溫馨的日子的記憶。上世紀七十年代，我在田納西上大學的時候，韋迪．瓊斯（Randy Jones）及其家人和朋友曾經帶給我印象難忘的聖誕經歷。

韋迪是我田大大學合唱團（UT University Chorus）的團友。他和我同樣唱男中音聲部，綵排時坐在毗鄰，而我往往發覺他有極高的視唱能力——無論是巴洛克、古典、浪漫時期的歌樂作品，他第一次讀譜，就能夠把歌曲內容連音帶字全部準確地唱出來，至於流行曲，更是易如反掌——就像吃一塊蛋糕。他卻不是我們音樂系或音樂教育系的同學，而是宗教系的主修生。我和他相識不久便成為了好朋友。

後來我應邀往瓊斯家作客。瓊斯先生、太太和韋迪的兩個妹妹都十分友善，表現出典型美國南方人待客的真誠和熱情，讓我很快便覺得自己好像變成了他們家中的一分子似的。這使我對這個南方家庭有了相當的認識：瓊斯先生除了是一位商人，在諾斯維爾市中心開設一間鞋店，還同時是業餘傳道人，每周在當地電台主持一個討論基督教信仰的宗教節目。兩位仍念中學的妹妹都跟韋迪一般具備音樂天分，擅長彈鋼琴，吹小號和歌唱。韋迪另外還有在外的一姊一兄，俱是我們田大音樂系的傑出校友——兩人都曾獲得獎學金往紐約茱莉亞音樂學院攻讀碩士學位。

第二次往瓊斯家作客是被邀請參加定期於他們家舉行的一個青年團契聚會。我本人在童年時代曾是母校荃灣全完第一小學學生團契及其詩班的成員，但進入青少年時期便在思想上漸次與基督教毗離，再沒有參加任何與基督教有關的活動。我這回是經不起韋迪的再三邀請，盛情難卻，才答允赴會的。

那天傍晚，我與瓊斯一家人吃過晚餐後，跟韋迪兄妹到花園裏學習打棒球，直至天色差不多黑齊了，便見到團契的成員們陸續到來——一共九位正在讀大學和中學的年輕人，五男四女。大家一同在客廳裏坐下來，這次團契聚會，便正式開始。各人先介紹自己的身份和背景，然後討論起聖經上的理論和生活上的體會。主持聚會的俊朗青年叫榮恩（Wayne），言談得體，態度誠懇，一派典型南方基督徒的風範。他是牧師的兒子，目下正在一間神學院修讀神學，立志從事傳播基督的道理。榮恩偶爾會邀請我對他們的看法作出回應，發表意見，但我覺得自己首度作客團契，初次會晤各人，實在不適宜針鋒相對，咄咄逼人，於是推搪說：「我容或有着某些不同的看法，但仍未想得透徹，待日後再和大家分享好了。」

過了不久，榮恩說：「為了要對我們的客人偉唐，這位從香港來的音樂學生，表示歡迎，讓我們今夜縮短討論的時間，延長唱詩的程序。」韋迪的一個妹妹蘿莉（Lori）便坐到鋼琴前面司琴，為大家伴奏，讓我們一連唱了大半小時基督教詩歌，其中包括多首范妮・高斯比（Fanny Crosby）填詞的歌曲：〈主是磐石〉（*A Shelter in the Time of Storm*）、〈安穩在耶穌手中〉（*Safe in the

Arms of Jesus）、〈有福的確據〉（*Blessed Assurance*）等等。我相信，這些歌曲都是韋迪事先安排的，因為他知道我偏愛這幾首高斯比填詞的聖詩。當時，我覺得，自己雖然不是一個基督徒，但有機會與這些純樸、真誠、對地球的未來充滿信心的西方年輕人認識和相處，確屬難得，值得珍惜。我十分享受聽取他們交流各自對人生和生活的哲學。後來，他們當中有人建議我用中文為大家唱一首聖詩。我於是大方的站起來，向蘿莉說出所選唱的歌曲的名稱，然後在鋼琴伴奏下，用粵語獨唱了一首〈將最好的獻與主〉（*Give of Your Best to the Master*）：「將你最好的獻與主，獻你年青的力量。將你純潔熱情心靈，忠心為真理打仗……」唱完後，敢情是感染了些許這晚上的傳道精神，我向大家說：「我以為，無論是基督徒或非基督徒，我們都應該在個人的一生中努力為真理打仗。」

我總共只是參加了瓊斯家舉行的青年團契三五次。正如我在家書中所說的那樣：「想起來真有點矛盾——我一方面很樂意與他們交朋友，一方面不情願和他們談聖經。」不過，那年聖誕節，我隨同這群忠於信仰、樂於播道的田納西青年，走遍了小城諾斯維爾，向他們的親友故舊報佳音，經歷了一個沐浴於仁慈和喜樂當中的平安夜。

韋迪的大姊艾嘉（Elga）是位聲樂教授，當時在北卡羅來納州的一所大學任教。她這年寒假回到田納西的老家過聖誕節，並且發起和領導了這次報佳音的活動。報佳音活動的參加者共十多人，都是韋迪的家人和青年團契的團友，當中幾乎沒有一個不是歌唱的能手。大夥兒於晚餐後坐上三部大房車，先從瓊斯家附近的鄰居們開始，然後由城東至城西，分別造訪了十來戶人家，為他們帶去了華麗而榮耀的聖誕歌聲。

我們每人都獲派發一疊詞譜俱全的歌紙，記憶中，包括了十多首宗教的和世俗的傳統聖誕歌曲：〈普世歡騰〉（*Joy to the World*）、〈齊來崇拜〉（*O Come All Ye Faithful*）、〈平安夜〉（*Silent Night*）、〈美哉小城小百利恆〉（*O Little Town of Bethlehem*）、〈聖誕樹〉（*Oh Tannenbaum*）、〈神聖夜〉（*O Holy

Night）、〈聖誕老人進城來〉（*Santa Claus Is Coming to Town*）、〈十二個聖誕日〉（*The Twelve Days of Christmas*），以及由我提議選唱的〈你可聽見我所聽見〉（*Do You Hear What I Hear*）等等。這些歌曲都是韋迪事先透過電話向每一個參加者徵詢意見後訂定出來的。

每到達一個目的地，從車子裏走出來，我們通常先圍攏在屋子外面歌唱，讓被探訪的家庭從歌聲中察覺到我們的來臨。我發現，置身於算得上完全沒有街燈的農莊，四周漆黑，然而，頭頂上卻是滿天燦爛的星斗——天宇如同一盞鑲嵌着千千萬萬顆寶石的羅傘，籠罩着靜謐的田納西黑色土地。情景真的就跟梵高那幅舉世聞名的油畫《星夜》（Starry, Starry Night）所繪畫的沒有兩樣。我與年輕的伙伴們都頭戴氈帽、頸繫絨巾、面露笑容、口中噴出熱氣、嘴上唱着聖詩，在時方夜半的人間，構成了一幅充滿喜樂與和平的景象。那個畫面令我至今難忘。

我們通常能夠在婆娑的樹影之間，透過玻璃窗和屋內黃色的燈光，見到廳堂裏移動的綽綽人影。主人家總愛走到屋前的門廊處，一家大小站在一起，聆聽我們把兩三首歌曲唱畢，方才把我們迎進屋內。一般南方家庭，在聖誕節，都喜歡將大門的門框，用松枝和草莓織成的花條（galand）加以裝飾，而門扉中間則掛上圓形的花環（wreath）。客人進門時可以嗅到花條與花環所散發出的植物芳香。入到屋內，客廳裏，無論是壁火爐的框上，或是聖誕樹的身上，都裝飾着各式各樣的聖誕飾物：紅色的冬青子、金色的聖誕鐘、褐色的乾松子、白色或紅色的聖誕襪，還有人陳列出珍藏兩三代的古董玩具。如果見到一座鋼琴的話，蘿莉便會彈鋼琴為我們伴奏；若屋子裏沒有鋼琴，韋迪便會拿出隨身的音管（pitch-pipe），吹出某個音高，讓我們從而低聲唱出一個正三和弦來為要唱的歌曲定調，然後清唱。我們通常先唱兩三首宗教聖誕歌，再唱兩三首世俗聖誕歌，有時用一個聲部齊唱，有時用幾個聲部合唱，有必要時，艾嘉會站出來為我們指揮。

獻唱完畢，主人家便會用家製的食品招待我們。仍然記得起的美食包括：

配上不同草莓的各式烤餅、糖醃的甜薯、蓋着一層雪白糖漿的薑人餅，還有最具南方特色的一小缽一小缽玉米糝（grits），有配草莓的、配南瓜的、配雞蛋的、配梨蓉的，不一而足，為我所最鍾愛。站着用點心和閒談的時光當中，有時是男主人，有時是女主人，會專誠越過眾人來到我面前與我認識，通常探詢我來自哪個國家或地區，修讀哪個學科。都會問：「想家嗎？」也有給我名片的，還說：「暑假出外打工時，有需要的話，行李可放我們這裏。我們家地庫的地方多着呢，不妨事的。你老遠從香港來到田納西，我們很希望能為你做上些甚麼。」另外，還有兩三戶人家拿出照相機來與我們大夥兒拍照留念。

那晚上，當友人們開車把我送回學校宿舍時，已是凌晨。就寢後，躺在床上，望向窗外的星空，我腦袋裏面不期然泛起對這趟報佳音活動的聯翩回想。如此的平安夜，這樣的人情味，我豈能忘懷？我寧不記取？

我自田大畢業後，前往西北大學音樂學院攻讀碩士學位。在新學校安頓下來後曾經接獲韋迪來信聯繫。韋迪說榮恩去了海地傳播福音，他自己則如願進入位於肯塔基的阿斯百里神學院（Asbury Theological Seminary）念碩士。那時節，很明顯，我們這幾個年輕友人都各自奔赴自己所追求的理想，分道揚鑣。只是，我後來無論生活在美國的中西部或東北部，這些南方友人曾經帶給我的聖誕經驗，卻恆久保存在我的記憶倉庫裏面，不曾丟失。

油漆好你的篷車

我在田大的大學生涯當中，從進校到畢業，都是我校「田納西男士合唱團」（Tennessee Men）的成員，唱男中音聲部。雖然，大三和大四兩年我同時加入另一個男女混聲的「田大大學合唱團」（UT University Chorus），但我所更為認同和效忠的，卻仍然是「田納西男士合唱團」這個純男聲的Glee Club。

作為團員，對於「田納西男士合唱團」的歷史由來，我和團友們都很熟悉。它成立於一九五九年。事緣，那年，來自校內幾個不同合唱組織的男性成員們走在一起，湊成一個純男聲合唱隊，為田大一個歌劇工作坊充當歌劇伴唱。這個歌劇伴唱隊的夥伴們事後十分珍惜他們這次伴唱歌劇的經驗以及他們從中所學得的一套男聲合唱曲目。他們決定成立一個長久的組織去繼續演唱這些別具一格的男聲歌樂作品，於是，他們成立了「田納西男士合唱團」。直到一九六五年，這個合唱團被正式接納成為「大學校際音樂議會」（Inter-collegiate Music Council）的成員——此議會為全美國一流Glee Club的專業認可組織。從此，這個原本為人作嫁而成立的「田納西男士合唱團」，在時光的流轉中，逐漸獨立演變成為一項田大文化傳統。

我特別欣賞這個男聲合唱團的一個特點就是——它蓄意造成它的成員包括主修音樂以及非主修音樂的學生。團員們的背景和個性因而變得多元化。由於田納西州隸屬美國聖經地帶（Bible Belt）州郡，本州居民極大部分信仰基督教，因此，同學們一般都從小在教堂合唱團的培育和薰陶下長大，就算本科主修工程或商科，全都非常熱愛歌唱，而且都具備很高的視唱和辨音能力。然而，當年，上世紀七十年代，在種族組合方面，卻仍然傾向單一，我團幾乎所有團員都是白人，其中只有一位非裔黑人，以及一位亞裔黃人——我。

我們演唱的曲目是非常多元化的，古典和流行音樂的歌樂作品都唱，並不宥於一途，其中又以幾首活潑生鬼的純男聲歌曲作為招牌歌——*There Is*

Nothing Like A Dame, Whiffenpoof Song，以及愛德華．葛理格作曲的 *Brothers, Sing On*。在眾多不同類型的演出當中，我最為喜愛和懷念的就是每年由我團負責伴唱的百老匯歌劇選曲演唱會。此演唱會每年一度為田大「音樂學生獎學金」籌款，由音樂系的聲樂教授們擔任獨唱，我團負責伴唱。我們所選唱過的百老匯歌劇，為我所恆久記得的幾個是：*South Pacific, Oklahoma, Paint Your Wagon, Oh Shenandoah, Kiss Me Kate, Finian Rainbow* 等等。當中所包括的幾首名曲：*Paint Your Wagon, Freedom Is a State of Mind, Another Op'nin' Another Show, Look to the Rainbow*等，都是鼓舞人們去追尋自由和夢想的，為我所終身銘記。這些歌，對於當時我年少的心靈有着很深刻的啓發，有助於我構成自己日後正面向上的人生觀。我那時開始明白，原來「自由」是一度思想上的領域，而忘卻背後，努力面前，積極地追求美好的夢想，就是做人應有的權利和態度。很多人認為，書本影響一個人思想的成長，於我而言，不少歌曲的思想內容，對少年的我的啓迪比書本更甚。我的大學合唱活動，其實，曾經透過

音樂，賦予我深刻的教育，啓導我高遠的追求，以致我成年後時常對人說：「我的身體在香港發育，我的思想在美國成長。」以下引述*Paint Your Wagon*的歌詞來説明少年的我當年對於追尋夢想的嚮往：

擁着一個夢想，老友
唱着一首歌
油漆好你的篷車
一起來
來吧，油漆好你的篷車
去哪個地方
我不清楚
往哪個方向
我不確定

我只是知道
我正在上路……

我們的合唱團平均一年作出大大小小二十多場的表演，除音樂廳外，演出的場合還包括教堂、球場或獅子會午餐例會。幾年來的合唱團生涯，使我和「田納西男士合唱團」的團友們建立了友誼，較熟絡的是史提夫（Steve）、當奴（Don）和約翰（John），其中主修鋼琴演奏的約翰曾經多次義務為我所指揮的「香港學生合唱團」擔任鋼琴伴奏。團員們對於我這個外國學生一般都秉持一種關照的態度。例如，有一次我團到校外一所教堂演出，從學校來回教堂的交通，是由幾個擁有汽車的團友志願負責的，通常是四五個人乘坐一輛車子。我還記得，當時前往演出地點途中，在車內，團友們各各自動從口袋掏出零錢，湊合着。我不懂得兄弟們在做些甚麼，光看着他們掏袋、遞錢、收款，自己卻一臉茫然，不知底裏。「你們做甚麼呢？」我問。有人答：「沒事，不要理會。」

我用我的眼神和表情繼續追問。坐我旁邊的團友覺着有點好笑，猶豫一下，輕聲對我說：「我們湊錢資助車程的氣油費。」我方才恍然大悟，說：「我也有零錢」，一面科錢參與了這項行動。此事也可以算得上是文化融合的一例。

有一次演出留給我非常深刻的印象——那就是為一九七五年「回老家」(Homecoming)慶典的足球賽獻唱美國國歌。我記得，我團為着隆重其事，還讓團員們於是次演出特別穿上剛剪裁好的簇新合唱團制服出場。

早於一九七五年十月，合唱團便開始練習以四個純男聲聲部合唱美國國歌，以備為十一月舉行的「回老家足球賽」作啓幕獻唱。「回老家」慶典乃美國大學為校友們舉辦的年度活動，在此日，校友們會帶同家人，扶老攜幼，重返母校校園，追憶往昔。整個慶典活動內容以餐會、舞會及足球賽為主調，而「回老家足球賽」往往成為當日最受重視的節目。

到了十一月八日，星期日，就是該年舉行回老家慶典的日子。是日，校園各處都可以見到身穿橙色襯衫、褲子與外套的人群，而且，衣服上面通常都印着「志願者」（Volunteer）的字眼——事緣在一八一二戰役（一八一二）及墨西哥戰役（一八四六—一八四八）當中，大量田納西人志願參軍，所以美國歷史上把田州人稱為「志願者」；而全美學界優秀長勝的田大足球隊就以「志願者」命名，聞名全國。

這天，在典型的田納西和煦陽光照耀下，球賽訂於一時三十分正式舉行。事先，有大型遊行隊伍從校園載歌載舞前赴位於校園邊沿的大型球場——球賽的舉行地點。音樂系的音樂部隊於十二時四十五分便浩浩蕩蕩的從音樂大樓出發，在Andy Holt Avenue上插隊加進這個「回老家」慶典遊行大隊，一同操步前往球賽現場。遊行大隊當中，除音樂部隊之外，還包括多款主題各異的遊行花車，多種五彩繽紛的紙紮動物，而最惹人注目的，要算由十歲以下的校友子女或孫子女組成的「小志願者」（LittleVols）群組——他們都被精心以橙白兩色的服飾打扮得活潑可愛，加入遊行，成為旁觀者們的視覺焦點。

我們的音樂部隊，陣容强盛：先是旗手、邊走路邊跳舞的啦啦隊和田大校友樂隊（UT Alumni Band）；然後又是旗手、邊走路邊跳舞的啦啦隊和田大步操樂隊（UT Marching Band）。跟在步操樂隊後面的就是我們「田納西男士合唱團」。我們穿着最新訂造的制服——清一色的深藍色西裝上裝、白襯衫、灰褲子，各人結着自選的不同顏色和款式的領帶。

整個遊行隊伍沿 Andy Holt Avenue 一直操步往球場，一面奏樂，一面舞蹈，總共花了大半個小時的時間。馬路兩旁的行人路上都是前往球場的人潮。人們都邊走路邊觀看我們這個陣容龐大的遊行隊伍。由於我是隊伍中的唯一亞裔人，所以，沿途都惹來不少路人的好奇眼光。

進入球場，只見四面七萬多個觀眾席上都坐滿了人，密密麻麻，目光所及，見不到一個空置的座位。首先是校友樂隊演奏——老人家們操着稍欠靈活的步伐，一面操步，一面吹奏，幾首耳熟能詳的流行樂曲都十分中聽，尤其出色的就是那首當時十分熱門的流行曲 *The Way We Were*，真可謂寶刀未老。接下來，田大步操樂隊演奏了旋律動聽、百唱不厭的田大校歌，由全場觀眾跟從音樂齊唱，氣氛熱烈。此時，我們「田納西男士合唱團」便隨着音樂，正式出場，按綵排好的形狀和姿態操步到球場的中央，站在陣容龐大的步操樂隊前面。校歌正在完結，樂隊指揮步上現場放置的一張小梯，一揚指揮棒，兩個樂隊便奏起美國國歌的前奏，跟着，我們合唱團便齊聲高歌：「你們見到嗎？在破曉的曙光中，我們驕傲的向甚麼招手……」

我還記得，最初學唱這首美國國歌時，站在眾多美國同學當中，作為唯一一個外國人，我曾因為唱着這首當時並不屬於我自己的國歌而感到尷尬。估不到，後來唱熟了，演唱時，卻顯得很自然、投入。若干年後，我由紐約市教育局作為僱主為我以第三優先（國家所需專業人才）的身份申請歸化成為美國公民。我於宣誓歸化美國儀式中又一次唱起了這首美國國歌。那一刻，我不禁想起南方田納西河畔的母校。我知道，我在田大所受的教育，特別是「田納西男士合唱團」的合唱活動，事實上，為我鋪墊了一條道路，讓熱愛民主自由的我最終歸化美國——一個作為「自由之土，勇者之家」的民主國家。

漂泊的家書——後記

源自大山阿巴拉契亞山脈的田納西河（Tennessee River），自諾斯維爾發端，蜿蜒流淌，向西流過大半個田納西州的地域，才緩緩地流進相鄰的阿拉巴馬州。它數百年來孕育着田州肥沃的黑色土地和獨特的南方人文。另一方面，相同地，位於諾斯維爾田納西河畔的田納西大學，亦像河水灌溉樹木一般，培育着本州以及其他來自世界各地的莘莘學子。

我於上世紀七十年代從遙遠的東方來到田納西河畔的諾城田大上大學。那是一個沒有互聯網的簡樸年代。我們這些屬於那個時代的留學生，全都付不起當時昂貴的長途電話費，只能夠藉着經由郵政局傳遞的書信與遠方的家人保持聯繫。那些用人手一個字一個字書寫在信箋上的信件，稱為「家書」——一個如今聽來似乎是某些已經被時代淘汰的名詞。

那些年，我通常每周寫一封家書，貼上郵票，寄回香港，只有遇上學期末應付考試時，才會甩漏。我父親則每月回覆我一信。

父親寫一手蒼勁俊秀的顏體字。他的信，通常都是用語體文寫成的，半文半白，不僅言簡意賅，而且通達流暢，充分顯示出他作為一個前民國軍官的語文修養，並非我輩戰後出生的香港後生所能及的。父親每次定必在信的抬頭寫上「偉兒」的稱謂，而在信末，就只會自署「父示」兩個字眼。我把收到的這些「父示偉兒」的信件整齊地保留着，五十年不變。

當年，出國前，父親曾交給我一封信，叮囑我暑假時攜該信往紐約拜候他於當地經營餐館的舊同事，謀求工作。該信首先說明兒子偉唐去年在港讀完預科後，已來美國田納西大學就讀，現擬前來紐約找暑假工作。父親跟着說：「因人地生疏，特着小兒晉謁兄台，伏祈垂愛，賜予工作，謹此奉懇，不勝感盼。今後有暇，尚望不遺在遠，常惠好音，餘不一一。」這封信中所採用的舊式措辭和表述數十年來一直深深印在我的腦海裏。

父親在寫給我的信中，經常提醒我，家中寄給我的各種文學書籍（如《兒女英雄傳》、《老殘遊記》、《儒林外史》等）只是讓我消閒時閱讀，不宜沉迷，平日定須專注鑽研自己本科的專業知識。此外，他總是擔心我不懂得與同學相處，不斷重複教導我須要尊重別人及待人以誠。有時，他會在信中夾附某些從報上剪存的勸勉青年人如何處世的文章。如今重讀這些父親寫的家書時，最令我感動的地方就是，不少信件中都會向我知會某個日子曾經匯寄了多少錢給我應用，問我收到沒有。其中，又鄭重提出：「若遇上解決不來的問題，必須告知父母，讓家中替你想辦法，不要隱瞞。」父親的這番話，顯示出，他當時顧慮及——那年代台港留學生習慣於家書中報喜不報憂的一種普遍作風。

一九八四年，父親在港因病辭世，我倉促返港奔喪。於喪禮中，我大姊對我說：「你手中有這麼多父親親筆手寫的信件，令人羨慕，要好好保存。」我們三姊弟妹平日都十分喜歡父親的書法手跡，引以為榮。我相信，在那個遽然喪父的時刻，於我大姊而言，最值得珍惜的父親遺物，就是父親多年以來每月手寫給兒子的家書。

我自從中學時期便養成了寫日記的習慣，上大學後，卻沒法抽出時間來維持這項日常作業。於是，在田大時，每周一次寫回香港的家書，就變成了我的生活周記。我常常在家書中向父母報告我的生活狀況、學業進度，以及自己對前途的看法，對未來的展望。我往往把自己所遇到的人物和事情，具體地形容，詳盡地描述，好讓家裏人知道和分享我留學生活的點點滴滴。我並且於每個學期結束後，把學期成績單寄回家裏，向父母稟告。

我從田大畢業後，繼續往西北大學及哥倫比亞大學念研究院，之後，踏入社會，在美國晉身職場。我復於一九九五年辭去我當時在紐約市教育局擔任的行政工作，回流香港，任教於香港教育學院。返回香港老家後，我發現，原來父母親也同樣把我於不同求學階段寫給他們的家書全部保留下來——田納西大學時期、西北大學時期和哥倫比亞大學時期所寫的家書都盡數收藏在一起。這些家書，也就等如是我留學美國修讀本科和研究院的生活全紀錄。及後，我於二〇一七年決定重返美國過退休生活的時候，也沒忘記把它們帶回紐約。它們如今都儲存在我身邊。

一個人對往事的記憶可能會隨着年月的增長而退減，幸而，書信上的記錄得以恆存。我於是能夠從泛黃的信件之中，重拾我於上世紀七十年代在田大母校度過的美好時光。我把這段青葱歲月當中所經歷的人與事、情與理、聚與散、喜與悲，摘錄下來，寫成這本大學生活回憶錄。本書中所敍述的全部故事乃個人大學生活的真實事跡，並無編纂。它記述了某一代香港留學生夢迴海外、追求理想的真實狀況。

我企圖透過此書的內容來反映冷戰時期一個香港留學生在美國南方求學期間對人生和學問的探索和追求。當中涉及東西文化的交匯，跨越種族的友誼，尤其凸顯那個年代田納西州所秉承和體現的一項深厚美國傳統——南方客情（Southern Hospitality）。我特別希望能藉此書將讀者帶回半世紀前那個和平、純樸、人情溫暖的年代。

責任編輯：羅國洪
封面設計：Gael Mooney

書　　名：田納西河畔
作　　者：劉偉唐
出　　版：匯智出版有限公司
香港九龍尖沙咀赫德道二A
首邦行八樓八〇三室
電話：二三九〇〇六〇五
傳真：二一四二三一六一
網址：http://www.ip.com.hk
發　　行：香港聯合書刊物流有限公司
香港新界大埔汀麗路三十六號
中華商務印刷大廈三字樓
電話：二一五〇二一〇〇
傳真：二四〇七三〇六二
印　　刷：陽光（彩美）印刷公司
版　　次：二〇二二年六月初版
國際書號：978-988-76155-4-5

Cover art, Gael Mooney, *Morning Light* (2020)
Pastel and pencil on paper 24 x 18 inches,
courtesy of the artist.

記憶停留的地方

劉偉唐

本書大部分文章回顧二十世紀五六十年代時期英屬香港的文化風采，其中尤其反映了戰後南來文人在香港創建文化的面貌，格調相當懷舊。這些文章一方面議論文藝，一方面追懷舊情，是既知性、又感性的散文。